AF385478

Emmène moi aussi, nous souperons tous trois
ensemble; nous........ rirons bien.

# LES
# SOIRÉES
## DU
# PALAIS ROYAL;

## RECUEIL

### D'AVENTURES GALANTES

### ET DÉLICATES,

*Publié par un Invalide du Palais Royal.*

## PARIS,

PLANCHER, au Dépôt de Librairie,
rue Serpente, n° 14.

1815.

*Les Matinées du palais Royal,* un volume in-12, sont sous presse.

# TABLE.

FIN DE LA TABLE.

# LES SOIRÉES

## DU

## PALAIS-ROYAL.

—J'y consens, mon cher Hippolyte;
nous irons chaque jour de cette se-
maine faire ensemble une promenade
au palais Royal; chemin faisant je
vous raconterai quelques-unes des
aventures qui m'y sont arrivées. Je
ne doute pas qu'avec la ferme volonté
où vous êtes de rester sage . mes ré-
cits ne viennent encore vous fortifier

dans votre résolution. Si cependant, comme tant d'autres, vous vous sentiez prêt à succomber aux tentations auxquelles vous serez en butte dans ce *lieu de délices*, alors regardez-moi; rappelez-vous aussitôt le tableau que je vais vous faire de ma personne. Ce sera le seul exemple que je vous offrirai, la seule morale que je me permettrai dans nos entretiens. Puissiez-vous en profiter !

*Jouir est tout :* telle a été ma devise; mais je l'ai si mal interprétée, que *j'ai joui de tout*, et que maintenant je ne puis plus jouir de rien. J'étais riche; il me reste à peine de quoi vivre : je suis né sain et robuste ; à trente-six ans je ressens toutes les infirmités de la vieillesse : une probité rare distinguait mes parens ; je suis dévoré du remords d'avoir manqué souvent de

délicatesse : marié à une femme vertueuse, je l'abandonnai pour des femmes corrompues : père d'aimables enfans, j'aurais dû trouver le bonheur
au sein de ma famille : l'inconduite
nous a dispersés, le chagrin nous accable, l'infortune nous poursuit.

— Cet excès de franchise, monsieur, m'est un garant de l'amitié que
vous me portez. Je vous en remer-
cie. Votre leçon ne sera point perdue.
Je puis vous assurer d'avance que,
quel que soit l'*entraînement* des plaisirs qui vont m'être offerts, je reste-
rai insensible à toute espèce de séduction. Si je renouvelle avec ins-
tance la demande que je vous ai faite
d'être mon mentor dans mes promenades au palais Royal, c'est moins
pour satisfaire ma curiosité que pour
trouver, au milieu des écueils, de

nouvelles armes pour les combattre.—

Telle est la fin d'un entretien qu'eut le trop présomptueux Hippolyte, jeune homme d'une famille distinguée, avec le repentant M. de Saint-Laurent, dont il avait fait la connaissance au Luxembourg. Tous deux allaient chaque jour dans ce jardin pour y faire une lecture : l'ennui les rapprocha, et bientôt une confiance réciproque établit entre eux une amitié parfaite.

Comme en toutes choses les extrêmes se touchent, nos deux amis, d'après leur convention, abandonnèrent le plus paisible des jardins pour la plus tumultueuse des promenades. Ils se donnèrent donc rendez-vous au palais Royal pour le lendemain à cinq heures de l'après-midi.

# PREMIÈRE SOIRÉE.

## Les Méprises.

HIPPOLYTE arriva le premier au pavillon de la Paix, sous lequel il s'assit pour attendre M. de Saint-Laurent. La tournure d'Hippolyte n'était pas celle d'un homme du bon ton; il avait celle d'un jeune homme comme il faut. Vingt-deux ans, une belle figure, une taille moyenne, mais bien prise; de l'esprit, des connaissances, excepté celle du monde; de la timidité, de la politesse, enfin une tenue à la fois simple et distinguée, tel était Hippolyte. Il s'approcha d'une table, à laquelle il prit place après avoir donné à ses voisins un salut qui ne lui fut pas rendu. Son honnêteté lui mérita seulement un sourire dédaigneux de quelques jeunes gens couchés sur des tabourets, et l'épithète de *provincial*.

M. de Saint-Laurent ne tarda pas à arriver. Son aisance, sa connaissance des lieux, le peu d'attention qu'il parut donner à ce qui l'entourait, la manière empressée avec laquelle il aborda son ami en lui faisant quelques excuses, tirèrent celui-ci de l'espèce d'embarras où seul il s'était trouvé, et qu'il n'aurait point certainement éprouvé si d'avance il ne se fût promis d'en être exempt. On prit le café et la liqueur, après quoi M. de Saint-Laurent conta à son ami l'aventure suivante :

—La première fois, dit-il, que je

suis **venu** au palais Royal pour y trouver quelque délassement à mes études a laissé dans mon âme un douloureux souvenir. Nous étions trois; nous cherchions le *plaisir* : vous jugerez si nous l'avons rencontré; mais ce qu'il y a de certain, c'est que la *peine* ne s'est pas fait long-temps attendre. Nous dinâmes au Caveau : l'abondance des vins nous fit oublier la médiocrité des mets. Nous en sortîmes la tête fort échauffée, et nous pensions que chacun au palais Royal devait partager notre gaieté, comme si chacun y venait pour son plaisir: des écoliers seuls pouvaient se tromper aussi grossièrement; du moins nous y trouvâmes des gens habiles à profiter de notre état. Trois dames seules étaient assises sous un des arbres du jardin. Nous nous approchons d'elles assez cavalièrement : leur costume semblait nous permettre cette licence. Elles se fâchent : nous rions. Un individu très-bien mis s'approche : —Messieurs, nous dit-il, vous vous trompez ; ces dames sont des femmes honnêtes : je les connais. Retirez-vous ; il pourrait vous arriver quelque chose de désagréable.—

Nous reconnûmes notre tort, et en nous retirant nous fîmes beaucoup d'excuses à ces honnêtes femmes. L'inconnu nous suivit. — Je vois, messieurs, reprit-il, au ton qui vous distingue. que vous n'avez point l'habitude du palais Royal ; vous croyiez, ainsi que vous l'aurez sans doute entendu dire par beaucoup de personnes, que l'on n'y rencontrait que des filles de mauvaise vie. Revenez de votre erreur. Les dames que vous avez

( 15 )

attaquées sont mariées ; elles demeu-
rent rue Richelieu : ce sont les trois
sœurs ; elles ont pour époux des of-
ficiers distingués qui sont à l'armée,
et que sous peu elles doivent aller re-
joindre.—Je suis confus, interrom-
pis-je, de notre conduite à leur égard.
S'il nous était possible de leur renouveler nos excuses .....—Rien de plus
facile, dit l'inconnu ; elles ont une loge
à l'année au théâtre Montansier, où
tous les soirs elles vont.—Si monsieur
veut nous faire l'honneur de nous accompagner, nous nous présenterons
devant elles sous ses auspices.—Volontiers ; votre candeur les intéressera.—

Cet obligeant inconnu voulut bien
entrer avec nous au café. Il y rencon-
tra un de ses amis qui, après quelques
façons, se mit aussi des nôtres. La
conversation tomba sur le jeu, pas-

sion qui fut généralement blâmée, surtout par les deux amis. Néanmoins ils proposèrent, pour passer une heure de temps, de jouer une partie de dominos. Nous acceptâmes avec plaisir, et nous perdîmes avec reconnaissance. Nous en fûmes quittes pour une trentaine de francs, dont moitié en rafraîchissemens et moitié en une petite poule faite seulement pour intéresser le jeu.

Il était neuf heures; on parla d'aller au spectacle, ainsi que l'on en était convenu. Nous arrivons au théâtre Montansier. Partout la salle était pleine, excepté une loge où se trouvaient trois dames, brillantes d'une riche parure. C'étaient précisément nos trois dames de l'après-midi, qui avaient fait une nouvelle toilette. Nous sommes introduits, et reçus d'abord très - froidement ; mais lorsque ces femmes honnêtes eurent appris combien nous étions repentans de notre conduite , elles nous accueillirent avec une grâce toute particulière ; elles s'égayèrent ensuite par quelques plaisanteries assez usées sur notre timidité présente , comme pour nous rendre cette hardiesse qui nous avait quelques heures auparavant attiré leurs réprimandes. Nous redevînmes tant soit peu effrontés , ce qui ne parut plus leur déplaire.

Le hasard avait présidé au choix que chacun de nous avait fait de l'une de ces dames. Chacun de nous se trouvait le mieux partagé , et tous trois nous brûlions d'amour. Les deux amis nous étaient devenus à charge ; ils s'en aperçurent , et prirent congé de la société un instant avant la fin du spectacle. La toile se baisse. Nous voulions offrir et demander tant de choses à ces dames, que nous en devînmes presque muets, ne sachant par où commencer. Une voiture ? — Nous demeurons à deux pas. — Ces dames nous permettront de les accompagner jusque chez elles. — Nous ne voulons point être aperçues avec des jeunes gens. — Quelques rafraîchissemens ? — Encore moins ; il y a tant de monde dans ces cafés ! —

Cependant nous suivions toujours la galerie du café de Foi, et ces dames ne cessaient de recevoir des complimens et des bonsoirs de toutes leurs connaissances, qui paraissaient nombreuses. Nous passons devant la boutique d'un marchand de comestibles. A la vue de tant de productions délicieuses étalées avec tant d'art, ce ne fut qu'un cri d'admiration de la part de nos dames. Nous profitâmes de cette circonstance pour leur offrir à souper. D'abord elles ne semblent embarrassées que sur le choix d'un restaurateur : c'était une acceptation formelle. Après quelques mots que ces dames s'adressent à l'oreille, il est convenu que l'on fera apporter à souper chez une de leurs amies, qui est *libre*, rue des Boucheries, et que là du moins nous ne craindrons pas qu'un marchand vienne nous annoncer qu'il va *fermer*.

Arriver chez cette amie, donner tout l'argent qu'il nous restait, environ 5o fr., à une servante; voir apporter des viandes grossières, plusieurs bouteilles de mauvais vin, deux carafes de liqueurs plus mauvaises encore; enfin se mettre à table, ce fut l'affaire d'un moment. Dès-lors toute réserve, toutes façons furent bannies. Nos trois dames s'étaient débarrassées de leurs beaux vêtemens ; une simple chemise composait leur parure. Elles partirent d'un grand éclat de rire en se jetant sur leur chaise ; chacune au même instant, en tirant à elle l'un de nous, l'honora d'un baiser sur la bouche ; en rougissant nous le leur rendîmes sur le sein ; enfin, on but, on chanta, on *badina* jusqu'à deux heures du matin, qu'il fut question de se coucher.

Vous pensez bien que dès la proposition du souper chez l'*amie* nous ne nous méprîmes plus sur l'*honnêteté* de nos dames. Montés chez elles, nous ne pûmes nous défendre d'un peu de honte ; bientôt leur *abandon* nous mit à notre aise, et nous prîmes notre parti en braves. Mais à deux heures du matin le cours de nos plaisirs se trouva tout à coup interrompu. L'*amie*, qui était la maîtresse de maison, nous demanda le prix de l'*hospitalité* que nous réclamions d'elle.— Douze francs par *coucher;* c'est la coutume, mes amis. — Et nos cinquante francs.... — Comment, vous feriez à des femmes aimables le reproche de leur avoir payé à souper!— Les cinquante francs n'ont pu être dépensés.—Pardonnez-moi , messieurs. Au surplus, si vous prétendez rester ici avec ces dames sans payer, vous vous trompez. Allons, sortez de chez moi. — Nous ne sortirons pas. — Je vais appeler quelqu'un qui vous fera bien sortir.—Nous avons payé.—Cela n'est pas vrai. —

Pendant cette dispute nos dames

disparurent. Comme il n'y avait rien à faire avec la vieille folle, nous songeâmes à la retraite. A peine étions-nous au bas de l'escalier que nous vîmes venir à nous les deux personnages qui la veille s'étaient chargés de notre réconciliation avec les honnêtes femmes. A leur aspect nous nous sentîmes transporté d'un mouvement d'horreur ; nous voulions les éviter ou les battre. Ce fut en vain. Ils nous abordèrent d'un ton ironique, et nous firent assez comprendre qu'il était de notre intérêt de filer doux. Une porte qu'ils ouvrirent dans l'allée nous découvrit la boutique d'un marchand de liqueurs dont les volets sur la rue étaient fermés. Nous entrons. Quelle est notre surprise en apercevant à une table nos trois déesses, buvant et chantant ! Les deux amis nous invitent à nous joindre à elles. Alors notre courroux éclate ; nous accablons ces misérables de justes reproches. Ils en rient d'abord, puis nous menacent. Les débats s'élèvent et se prolongent ; on se fâche ; on se pousse : une armoire remplie de bouteilles et de verres s'écroule avec fracas, et couvre de ses débris mes deux infortunés compagnons, qui tombent baignés dans leur sang, tandis que les trois filles et leurs *souteneurs* prennent la fuite. La garde arrive enfin, conduite par la maîtresse de maison, qui nous signale comme ayant porté le trouble chez elle. Nous voulons parler ; le marchand nous impose silence ; il prétend être payé sur-le-champ du dégât fait chez lui. Déjà il en a fait le compte, et il exige cent francs.

Le sergent qui commandait la pa-

trouille parut touché de notre sort,
et comme il s'aperçut que nous n'au-
rions qu'un témoin défavorable dans
la personne du marchand, il nous
engagea à lui payer ce qu'il deman-
dait, et à nous retirer. Nous n'avions
plus le sou. Le marchand voulut bien
accepter en nantissement une superbe
montre d'or, dont il donna un reçu,
et qu'à la vérité il restitua le surlen-
demain en recevant son argent. Nous
nous rendîmes chacun chez nous. De
mes deux compagnons, cruellement
maltraités par la chute de l'armoire
remplie de verres et de bouteilles,
l'un mourut d'un dépôt à la tête au
bout de six semaines, et l'autre perdit
un œil. Pour moi, cette funeste aventure ne me servit pas d'exemple ; mon
mauvais génie ne m'en porta pas
moins à chercher plus tard d'autres

bonnes fortunes au palais Royal.

— Cette aventure, dit Hippolyte, ne prouve de votre part qu'une grande inexpérience. Une seule méprise l'a causée, et je vous assure, moi, que je ne me serais mépris ni sur les deux respectables amis, ni sur les trois honnêtes femmes. Une honnête femme, dans quelque lieu qu'elle se trouve, peut inspirer de l'amour, mais elle commande toujours le respect. —

En prononçant cette dernière phrase, Hippolyte éleva la voix, et jeta un regard expressif sur une jeune dame, à la tournure décente et modeste, à l'air timide, qui se trouvait à une table voisine de la sienne, avec un officier qui paraissait ne pas daigner lui adresser la parole. M. de Saint-Laurent devina l'intention d'Hippolyte, l'entraîna dans le jardin,, et lui parla ainsi :

— Cette jeune et intéressante personne qui éveille en vous un si vif intérêt n'est qu'une fille publique. — Oh ! ce n'est pas possible. — Cela est si vrai, que, pour vous en convaincre, je vous propose de vous conduire chez elle, à la condition expresse que nous ne nous quitterons pas — C'est une nouvelle méprise de votre part. Rappelez-vous donc ce ton, ce maintien, cette timidité. — Acceptez-vous ma proposition ? — Bien volontiers. — Retournons alors du côté de la Rotonde. —

La jeune dame et l'officier sortaient du café comme Hippolyte et M. de Saint-Laurent allaient y rentrer. Ils traversèrent le passage du Perron ; arrivé au coin de la rue Vivienne, l'officier dit un adieu très-sec à sa compagne, et partit. Cette dernière prit la rue Vivienne. — Suivons ses pas, dit M. de Saint-Laurent; elle va directement chez elle, rue des Colonnes. — Il me semble, reprit Hippolyte, que vous voulez paraître plus instruit que vous ne l'êtes effectivement. Je gagerais encore que cette jeune dame est mariée; c'est un véritable adieu de mari que lui a fait l'officier. —

On arrive rue des Colonnes. La jeune personne entre dans une maison d'assez belle apparence, et Hippolyte paraît regretter de l'avoir perdue de vue. — Soyez tranquille, lui dit M. de Saint-Laurent; vous ne tarderez pas à la revoir, si cela vous fait plaisir. Suivez-moi. (Ils montent au second.) — Hé, bonjour, petite maman, dit très-familièrement M. de Saint-Laurent à une grosse femme de bonne mine qui se présente à lui. Depuis long-temps on n'a eu le plaisir de vous voir. Entrez, mes amis. —

Ces messieurs sont introduits dans un salon passablement décoré. La curiosité rendait Hippolyte muet. — Vous voulez des petites femmes, n'est-ce pas, mes amis, dit la maîtresse de maison ; j'ai votre affaire ; c'est charmant. — Nous n'en voulons qu'une, répliqua M. de Saint-Laurent. — Comment, qu'une pour deux ! — C'est assez pour ce que nous en voulons faire. Une de vos demoiselles vient de rentrer, habillée en bourgeoise. C'est elle seule que nous désirons. — La pauvre petite ! elle est bien fatiguée. Depuis hier matin elle est en partie avec un capitaine de dragons qui, à la faveur du costume qu'il lui a fait prendre, l'a présentée à ses amis comme une jeune fille enlevée, comme une victime de l'amour enfin. C'est, du reste, une excellente enfant ; vous en serez contens. Je vais la faire venir. Mais auparavant, dites-moi, quelles sont vos intentions ? L'emmènerez-vous, ou resterez-vous ici ? D'abord elle est de douze francs pour la maison, et d'un louis pour le dehors. — Voici les douze francs, interrompit brusquement Hippolyte ; j'ai perdu mon pari. Partons. —

M. de Saint-Laurent ne put s'empêcher de rire aux éclats. La maitresse de maison, en regardant ses douze francs, rit aussi, et se crut assez payée pour ne faire aucune question. Hippolyte, un peu honteux, était

déjà au bas de l'escalier lorsque **M. de**
**Saint-Laurent** le rejoignit. — Convenez , mon ami , lui dit-il , qu'avec
beaucoup d'expérience on peut faire
quelque méprise , et que rien ne res-
semble plus à une femme honnête
qu'une femme qui ne l'est pas. —

## SECONDE SOIRÉE.

*Le Jeu. — Première bonne
Fortune d'Hippolyte.*

----

Le lendemain nos deux amis visité-
rent les cafés du palais Royal. L'élé-
gance et la bonne tenue des uns, où
les gens du bon ton paraissent mourir
d'ennui ; l'indécence qui est le partage des autres, où de joyeux libertins
et de vils intrigans dissipent ou leur
héritage ou la fortune d'autrui ; le
tumulte qui règne dans ceux-ci, où
sont groupés des gobe-mouches poli-
tiques, au ton mystérieux et niais,

réglant les intérêts de l'Etat, et ne sachant pas régler ceux de leur ménage ;
l'espèce de marché établi dans ceux-
là , où des courtiers viennent prolon-
ger l'heure de la bourse; où l'on rencontre de ces hommes aux regards
scrutateurs , aux manières obligean-
tes , dont le bureau n'a cessé d'être
établi au café , le salon sous les gale-
ries de pierre, la chambre à coucher...
on ne sait où, et qui toujours sont prêts
à arranger vos affaires , sans sur-tout
oublier les leurs ; et ces ignobles ca-
veaux , académies du noble jeu de
billard , rendez-vous ordinaires de ces
individus à l'œil inquiet , à l'air sinis-
tre , qui semblent n'attendre qu'un
signal de la part d'un complice ou une
inconséquence de la vôtre pour exécuter quelque dessein perfide : tout,
dans ces divers rassemblemens de gens

gais et de gens tristes, de gens oisifs et de gens affairés, de fripons et de dupes, de filles publiques et de femmes qui cherchent à l'être ; tout enfin devint pour Hippolyte le sujet d'une infinité de questions auxquelles M. de Saint-Laurent répondit en homme exercé.

Ces messieurs s'étaient arrêtés pour se rafraîchir. Deux individus qui se trouvaient près d'eux fournirent à M. de Saint-Laurent l'occasion de rapporter une anecdote à Hippolyte. Ces individus étaient bien visiblement des joueurs. Le premier comptait gaiement, en buvant un quart de punch, une somme d'argent assez considérable, que sans doute il venait de gagner. Le second avait devant lui plusieurs cartes de jeu sur lesquelles paraissaient de nombreuses piqûres d'épingles ; il en comptait les trous avec attention, puis en portait le total sur un petit cahier de papier. Tout à coup, comme si le résultat de ses calculs lui eût offert un avantage inespéré, il se lève plein de satisfaction, saisit sa montre, en détache le cordon, formé d'une tresse de cheveux, et part avec rapidité. L'autre individu sort aussi ; mais sa démarche paraît incertaine, sans cependant être inquiète.

— De ces deux joueurs, dit à Hippolyte M. de Saint-Laurent, l'un sera aujourd'hui même victime de son ambition, et l'autre de son espoir mal fondé. Ils me rappellent plusieurs circonstances de ma vie ; entre autres celle-ci, qui exerça une influence si défavorable sur mon union maritale. Depuis long-temps le démon du jeu s'était emparé de moi, de légers gains m'avaient amorcé, et l'espérance de recouvrer de grosses pertes me portait chaque jour à morceler mon héritage. J'étais plein de dettes, et dévoré de chagrin. Mon mariage venait d'être arrêté; j'en pressai la célébration afin de rétablir mes affaires. Les parens de ma femme ignoraient ma position. Je reçus des miens quelques milliers de francs et un trousseau très-bien garni. Rien ne me manquait pour donner quelque éclat à la cérémonie de mon hymen; néanmoins je voulais avoir davantage, et la chance du jeu parut un instant venir au-devant de mes désirs. Huit jours de suite je fus heureux. Je ne payai aucune dette; mais j'achetai des bijoux, et je fis de la dépense. La chance tourne. Je vends à perte mes bijoux, j'engage toute ma garde-robe, et je perds jusqu'à mon dernier sou. La veille de mon mariage arrive, et me trouve avec une seule rédingotte qui couvrait quelques haillons. C'est en vain que j'implore la pitié de mes amis de libertinage ; tous sont pour le moment sans ressources pour eux-mêmes. Je n'ose me présenter ni chez mes parens, ni chez ceux de ma future. On attribue mon absence à mes préparatifs pour le lendemain.

Enfin, le jour fatal arrive, l'heure sonne ; aucun expédient ne s'est présenté à mon esprit, et je n'ai eu la force de faire aucun aveu. Les deux familles sont rassemblées ; les voitures sont là ; la mariée est toute brillante et de beauté et de parure, et le futur ne paraît pas. . . . . J'étais resté au lit. Mon frère est envoyé auprès de moi. Il refuse le message ridicule dont je le charge. On ne doit, on ne peut, dit-il, être malade le jour de ses noces. Mon père, mes témoins le suivent de près. Le voile est déchiré, et l'on tient conseil. Mon père était atterré ; il songeait plus aux conséquences de cet événement qu'à la perte réelle que j'avais faite. Cependant il jugea mon mariage indispensable. Il m'emmène au palais Royal, et me fait revêtir à la hâte un costume assez élégant, mais dont la tournure n'indiquait que trop que le temps avait manqué au tailleur pour me prendre mesure. Pendant cette opération un témoin discret était allé instruire de mon arrivée très-prochaine les gens de la noce , et l'on s'était à l'avance dirigé vers la mairie. Nous ne tardons pas à y arriver aussi. La tristesse de mon père, la honte qui se lisait sur mon visage , les chuchotemens des témoins, rien de tout cela ne fut d'abord remarqué des parens de ma femme, et celle-ci, de son côté, n'osait lever les yeux sur moi. Le maire avait déjà témoigné beaucoup d'impatience : il daignait attendre ; c'était précisément le contraire de ce qui arrive ordinairement. Enfin il ouvre le livre de la loi, et en moins de cinq minutes le terrible serment est prononcé.

Je me sentis un peu soulagé. Il n'en fut pas de même de ma femme et de ses parens. Ces derniers, instruits bientôt de mon aventure, et présageant tous les désastres qu'entraîne la cruelle passion du jeu, cherchèrent aussitôt les moyens de casser le mariage avant qu'il fût consommé. Je trouvai heureusement dans mon oncle un excellent avocat; il prétendit que cette erreur de jeunesse devait être considérée comme un bien ; que je l'aurais sans cesse présente à la mémoire ; qu'elle ferait naître en moi l'horreur du jeu ; qu'elle était le garant de ma bonne conduite à venir, et que souvent enfin il suffisait à un homme d'avoir failli une fois pour ne plus commettre de fautes. Il fut loin de porter la conviction dans tous les cœurs ; du moins il calma les ressentimens ; et comme un mariage n'est pas dignement célébré s'il ne se termine par un repas, on se mit à table. A l'air triste et préoccupé des convives, on eût plutôt cru qu'ils revenaient d'un service de bout de l'an que d'une cérémonie nuptiale. Toutefois le vin fit naître quelques mauvaises plaisanteries, et les plaisanteries amenèrent un rire que l'on prit pour de la gaieté. La journée se termina ainsi. Je fus sage pendant quelque temps ; mais, en dépit de mes sermens, je ne justifiai pas les prédictions de mon oncle. Au contraire, mon déréglement devint tel, que je réalisai tous les pressentimens fâcheux des parens de ma femme.

—Ah, monsieur, s'écria Hippolyte ; il me semble que j'aurais donné, par ma conduite et par mon sincère repentir, raison à mon oncle ; il me semble même que, malgré tous ses attraits, le jeu n'aurait pu me jeter dans la position cruelle où vous vous êtes trouvé la veille de votre mariage.... Mais à propos de jeu ; conduisez-moi donc dans un de ces salons dont vous m'avez parlé. —

M. de Saint-Laurent mena Hippolyte au n° 9, puis au n° 144, puis

enfin au 113 ; il lui expliqua les dif-
férentes chances de l'ignoble *Biribi*,
de l'attrayante et trompeuse *Roulette*, du traître *Passe-dix*, du mé-
thodique mais perfide *Trente - un*.
Hippolyte assura de nouveau que
rien de tout cela ne pourrait le tenter,
quoique, dans le moment même, il
vît un individu ramasser trente-six
louis pour un seul qu'il avait posé sur
le n° 24 ; mais plus loin il aperçut
un joueur s'arrachant les cheveux
après avoir perdu d'un seul coup
deux billets de 1,000 fr. sur la rouge,
ce qui contribua encore à l'affermir
dans sa résolution. M. de Saint-Laurent invita son ami à s'asseoir sur une
banquette, afin de mieux examiner
les pontes, et de puiser dans cet exa-
men quelques observations utiles.
Près d'eux vinrent se placer deux

joueurs désolés ; c'étaient précisément les deux mêmes individus qu'ils
avaient, une heure auparavant, rencontrés au café. Ils crurent trouver dans
Hippolyte et dans M. de Saint-Laurent deux camarades d'infortune, et ils
leur adressèrent aussitôt la parole. —
Peut – on être plus malheureux! dit
celui qui, au café, comptait gaiement
son argent. Ce matin je gagne 600 fr.
avec 15. Cet après-midi j'en gagne 290.
Je voulais me remplir d'une somme
de 900 fr. que j'ai perdue hier, et dont
je me promettais bien de faire le partage entre cinq ou six créanciers qui
me poursuivent. Le croiriez – vous?
Pour 10 malheureux francs qui me
manquaient, je viens dans l'instant
de perdre les 890 que j'avais recou-
vrés! Tous mes parolis m'ont manqué.
— Mais moi, c'est plus fort, inter-

rompt l'autre. J'avais une martingale certaine. Je suis venu aujourd'hui en faire l'essai sans jouer pendant six heures. Elle me réussit douze fois. Il n'y avait pas de raison pour qu'elle ne me réussît pas quinze, trente même. J'avais quelque argent ; mais, pour n'être pas pris au dépourvu, je porte ma montre en gage, et je reviens avec cent écus. Je saute trois fois de suite. Cela se peut-il concevoir ? Enfin, voilà les cartes que j'ai piquées ce matin... —

Tandis que M. de Saint-Laurent jetait un regard de complaisance sur les cartes pointées et sur le cahier rempli de chiffres que lui présentait ce joueur démonté, Hippolyte avait été attiré à une table par les murmures d'étonnement que venait de provoquer la sortie d'un même numéro

quatre fois de suite. Il se trouvait
auprès d'une dame bien mise, d'un
ton décent, et dont la manière de
s'exprimer indiquait une personne
bien née  Cette dame n'était plus
jeune, mais elle était encore belle, et
les traces de chagrin imprimées sur
ses traits donnaient à sa physionomie
une sorte d'intérêt qui excita vivement la sensibilité d'Hippolyte. Il lia
conversation avec elle ; dans ses discours il fit une censure délicate de la
passion du jeu ; il en retraça quelques
tableaux déplorables. La douceur de
sa voix, le ton de sincérité qui le ca-
ractérisait, parurent porter le repentir et la conviction dans le cœur
de la dame. Elle soupira ; ses yeux se
mouillèrent : elle voulut se lever ; ses
jambes chancelantes ne le lui permirent pas ; enfin elle se trouva mal. Hip-

polyte lui prodigua les soins les plus empressés; il lui fit respirer d'une essence dont par hasard il avait sur lui un flacon. Revenue à elle, cette dame adressa à Hippolyte des remercîmens pleins de grâce, et témoigna l'intention de se retirer. Hippolyte la suivit, lui donna la main, et la fit monter dans une voiture, quoiqu'elle s'y refusât : il demanda la permission d'y monter aussi; on n'eut pas la force de la lui refuser.

Cet incident se passa en si peu de temps, que M. de Saint-Laurent ne put en être instruit. Lorsqu'il eut rompu sa conversation avec le joueur, il chercha vainement Hippolyte dans toutes les salles. Il ne se retira qu'à minuit, et très-inquiet; il ne savait à quoi attribuer la disparition de son ami. La nuit se passa sans qu'il pût

fermer l'œil. A neuf heures du matin
il reçut le billet suivant :

« Lorsqu'hier, mon ami, je m'é-
» loignai de vous sans vous en avertir,
» j'avais le projet de revenir au bout
» d'un quart d'heure. Cela m'a été
» impossible, et je vous en demande
» pardon. N'ayez aucune inquiétude.
» Je suis le plus heureux des hommes,
» dans les bras de la plus charmante
» des femmes. Faites-moi l'amitié de
» venir ce soir, à six heures, au café
» Lemblin. Je m'y trouverai avec
» l'intéressante Julie,

» HIPPOLYTE. »

# TROISIÈME SOIRÉE.

## *Histoire de Julie.— Reconnaissance imprévue.*

La lecture du billet d'Hippolyte, en diminuant les inquiétudes de M. de Saint-Laurent, ne laissa pas de lui causer quelques regrets. Il se représentait cette femme charmante comme une fille adroite et d'une *rouerie* étudié ; il se reprochait d'avoir lui-même conduit son ami au milieu du danger ; mais bientôt, en réfléchissant, il ne put s'empêcher de s'avouer fort innocent de cette aventure, dans laquelle en effet il n'était pour rien. —Hippolyte, se dit-il, est jeune, aimable et bien fait ; il doit plaire aux femmes. S'il est amoureux, il leur appartient : cette indifférence qu'on nomme sagesse n'existe le plus souvent que là où il n'y a pas de désirs : le beau mérite, de rester indifférent ou sage lorsqu'on n'est pas amoureux ! C'est une chose toute naturelle. Si au surplus Hippolyte a été dupe d'une fille adroite, tant mieux ; il en sera dégoûté aujourd'hui même : s'il l'est d'une femme galante, et de plus joueuse, il y a quelque danger ; une femme galante est plus à craindre mille fois qu'une fille publique ; mais alors je lui ferai des remontrances ; il a de l'esprit, et je ne doute pas qu'après une nuit et un jour passés dans les bras d'une femme, il ne soit en état d'écouter mes avis. — Ces réflexions achevèrent de tranquilliser

M. de Saint-Laurent, qui attendit patiemment l'heure du rendez-vous.

Hippolyte se fit un peu attendre. Il arriva enfin, mais seul.—Et la plus charmante des femmes, qu'est-elle donc devenue? lui demanda M. de Saint-Laurent.—Dites aussi la meilleure des mères, mon ami. — Comment, déjà mère! ce serait piquant. —Ne raillez pas, mon ami. Quand vous saurez l'histoire de ma Julie vous ne pourrez vous défendre de lui porter aussi quelque intérêt. Julie se rendra ici dans deux heures. Elle n'a pu passer un jour sans aller voir son fils, qui est en pension à Saint-Mandé. Je l'aurais accompagnée si je ne vous eusse donné rendez-vous ici ; mais je me serais cru coupable en vous manquant de parole. J'ai placé Julie dans une voiture qui nous la ramènera. En

attendant je vous ferai connaître qui
elle est , et comment j'en ai fait la
connaissance.—

Hippolyte raconta d'abord à M. de
Saint-Laurent l'événement du jeu.—
Cette dame, continua-t-il, par son
ton et par ses manières, m'avait ins-
piré le plus tendre intérêt. Arrivé
chez elle , je me permis quelques questions sur l'état de sa fortune ; elle mit
dans ses réponses tant de grâce, de
candeur et de franchise, que mon intérêt pour elle redoubla: Julie était
malheureuse ; je me crus appelé à la
secourir. J'exigeai d'elle la promesse
qu'elle ne jouerait plus; elle me la
donna, et je la crois sincère. Julie....
— Mais, interrompit M. de Saint-
Laurent, revenez donc à l'aventure
principale ; vous l'avez.... Vous
m'entendez ; enfin elle vous a retenu

à coucher.—Non , dit Hippolyte en rougissant ; c'est moi qui n'ai pas voulu la quitter.—Et sans doute elle a fait une douce résistance. Allons, mon ami, point de honte ; le récit de vos attaques et de vos combats. — Puisqu'il faut tout vous dire, reprit Hippolyte, elle m'inspira aussi de l'amour. Je balançai long-temps à lui faire ma déclaration, et je crois même ne pas la lui avoir faite ; mais elle m'a deviné : il ne me paraissait pas délicat de mettre un prix à mes services ; néanmoins je continuai sans le savoir mon entreprise amoureuse. Dans un moment où elle me retraçait l'injurieux abandon dans lequel son mari l'avait laissée avec deux enfans, elle ne put retenir ses larmes, et les larmes donnent à ses grands yeux noirs, à toute sa figure, un attrait ir-

résistible ; elle a vraiment alors quelque chose de céleste. J'étais resté
immobile ; je l'admirais. Un regard
qu'elle porta sur moi me fit sortir de
mon extase.—Vous méritiez un meil-
leur sort, lui dis-je ; en même temps
je serrai ses mains dans les miennes,
et je redevins muet. J'étais transporté d'amour. Je l'enlace de mes
bras, je la presse contre mon cœur,
et je me hasarde enfin à lui donner un
baiser brûlant.—Ah ! monsieur, me
dit-elle en poussant un profond sou-
pir, je puis m'honorer de votre amitié ;
mais je dois refuser votre amour.—Ce
mot d'amour excita encore mes désirs. — Peut-être suis-je indigne des
sentimens que je vous inspire, reprit-
elle.—Je vous trouve adorable.—Retirez-vous, monsieur ; demain vous
pourrez m'estimer encore..... Aujour-

d'hui moi je peux vous perdre pour jamais.—

J'étais dans un état d'agitation qui ne me permettait de mettre aucune suite dans mes discours, ni d'écouter les siens. Ses mains, ses joues, sa bouche étaient déjà couvertes de mes baisers; bientôt mes lèvres s'imprimèrent sur ses seins, que, malgré sa résistance, j'étais parvenu à découvrir entièrement. Rien de plus gracieux que leur contour; quelle blancheur! quelle élasticité! Je les dévorais. Je n'y tenais plus; je n'osais, je ne pouvais parler; mes yeux cherchaient en vain à rencontrer les siens, qui toujours se tenaient baissés. Elle voulut s'arracher de mes bras; je la retins fortement, et finis par porter le désordre le plus complet dans son ajustement. L'état dans lequel elle se trouvait lui ôtait tout espoir d'éviter sa défaite ; elle le sentit. — Que les femmes sont malheureuses ! s'écriat-elle en cessant toute défense ; on leur interdit même jusqu'au sentiment de la reconnaissance !—Je vous avouerai que ces paroles firent sur moi une forte impression. Peu s'en fallut qu'il ne m'arrivât un de ces malheurs que les femmes pardonnent difficilement. Julie s'en aperçut , et recommença imprudemment une lutte dans laquelle je reparus plus superbe que jamais. Je remportai une victoire complète, et je profitai de mes avantages aussi long - temps que mes forces me le permirent.

—Tout cela me paraît fort bien , dit M. de Saint-Laurent ; mais pourquoi cette aventure ne se termine-t-elle pas là ? Pourquoi cet attachement pour une femme que vous connaissez d'hier, et que vous devriez avoir oubliée aujourd'hui ?—L'oublier! c'est impossible. Je lui ai promis mon appui; elle le mérite. Julie a de la vertu : elle a été malheureuse toute sa vie ; je veux lui faire goûter le bonheur. Elle n'a cédé qu'à la force, et je lui dois des éloges pour la manière avec laquelle elle s'est défendue. J'avais besoin d'une femme qui eût connu le monde, et qui fût à la fois ma maîtresse et mon amie; je l'ai trouvée. Mon caractère jaloux ne m'eût point permis d'avoir pour maîtresse une coquette qui n'eût songé qu'à me tromper, en dépensant mon argent avec un autre. Si je fais du bien à Julie, elle en sera reconnaissante. Nous nous sommes promis amour et fidé-

lité. — Folie, mon ami; folie. Au surplus, quelle est cette femme?

— Julie est née d'une famille honnête et riche; elle a trente ans, et possède plusieurs talens agréables; mariée à seize ans, elle a depuis été en
butte aux coups de l'infortune. Son
mari, joueur et libertin, a dissipé sa
dot, puis l'a abandonnée. Tous ses
parens sont morts, et ne lui ont rien
laissé. De deux enfans qu'elle a eus
de son méprisable époux, l'aîné est
mort; le plus jeune a dix ans, et elle
en a soin. Restée sans ressources,
elle s'est vue obligée de s'attacher à
un secrétaire d'ambassade avec qui
elle a vécu deux ans en Allemagne;
maintenant il lui fait une petite pension. Julie a pendant quelque temps
donné des leçons de musique et de
dessin aux filles de M. de R***..

conseiller d'état. Pour la première fois, dit-elle, son cœur a ressenti tous les feux de l'amour. Voyez quelle franchise elle met dans ses aveux ! Elle a éperduement aimé le fils de M. le conseiller d'état ; elle en a été indignement trompée, et elle a perdu sa place. Entrée alors dans une pension de jeunes demoiselles pour y enseigner les talens qu'elle possède, Julie ne pouvait échapper au malheur. Elle dut, pour conserver une année son emploi, faire au maître de la maison le sacrifice de ses faveurs. La maîtresse s'en aperçut, et la renvoya. Mais Julie est encore vertueuse alors même qu'elle succombe : on ne peut lui reprocher qu'une faute ; elle a commis les autres pour se conserver à son fils, qui, sans elle, eût été réduit à la mendicité dès ses premières années ; elle lui fait donner une bonne éducation , et lui cache avec soin la conduite de son père. Quant à la passion du jeu, Julie n'en est pas possédée ; toutefois elle a eu lieu de se repentir d'avoir cherché des ressources là où l'on vient perdre sans retour toutes celles que l'on peut avoir encore. Elle a été entraînée au jeu par une dame de sa connaissance , qui, dit-elle, s'y fait une rente d'un petit écu par jour. L'infortunée Julie n'eut pas le même bonheur ; elle y perdit en quelques séances le peu d'argent qu'elle avait amassé, et une partie de ses effets. Je me félicite d'avoir fait sa connaissance au moment même où elle allait se trouver en proie à toutes les horreurs du besoin ; c'est une satisfaction pour mon cœur, et je pense que Julie ne me fera jamais regretter ma générosité. Ce matin je lui ai remis cent écus ; elle est allée en porter une partie au maître de pension de son fils.

—Ce singulier récit, et la bonne foi plus étonnante encore d'Hippolyte, loin d'exciter le rire et la censure de M. de Saint-Laurent, le plongèrent successivement dans des réflexions profondes ; il finit par se troubler. Hippolyte lui en demande la cause. Après un moment de silence,— Nous ne pouvons plus nous voir , répond M. de Saint-Laurent. — Au même instant entre Julie : M. de Saint-Laurent lui lance un regard terrible, et disparaît comme un éclair. Julie, qui l'avait aussi reconnu, tombe évanouie dans les bras d'Hippolyte, et ce dernier ne tarde pas à savoir que son ami est l'époux de sa maîtresse. Il reconduit madame de Saint-Laurent, évite toute explication, et se retire tristement chez lui pour réfléchir sur cet événement bizarre. Il y trouva le billet suivant de M. de Saint-Laurent :

« Vous pensez bien, monsieur,
» que le récit que vous m'avez fait
» au café ne pouvait que me couvrir
» d'humiliation, puisque la personne
» qui en était l'objet est ma femme.
» Déjà je vous avais instruit de mes
» torts; mais j'ai cru de mon de-
» voir et de mon honneur de vous
» cacher les siens. Je ne vous en dirai
» qu'un mot, non pour me justifier,
» mais pour vous faire encore mieux
» connaître celle qui a eu l'art de
» vous captiver. Il est vrai qu'il me
» reste un fils; mais c'est moi qui en
» ai soin. Il n'est pas à Saint-Mandé,
» mais à Orléans, chez un de mes

» cousins. Celui dont Julie vous a
» parlé est du secrétaire d'ambas-
» sade, et c'est pour lui principale-
» ment que ce dernier paie une pen-
» sion. Il fut le motif de notre sépa-
» ration. Julie n'a point été indigne-
» ment abandonnée du fils du con-
» seiller ; c'est au contraire lui qui
» l'a surprise en flagrant délit avec
» un jeune homme qu'elle entrete-
» nait. Julie vous a parlé de trois ou
» quatre de ses amans : avec encore
» un peu plus de franchise, elle au-
» rait pu vous en citer douze. En ce
» moment même elle est intimement
» liée avec un officier de la garde.
» Julie vous a déclaré qu'elle n'était
» point possédée de la passion du
» jeu : elle n'a cessé de jouer depuis
» plus de six ans, et la pension ali-

» mentaire de douze cents francs par
» an que je lui ai consentie, est par
» elle toujours dissipée avant son
» échéance. Je vous fais passer ci-
» inclu un billet qu'elle m'adressa,
» il y a huit jours, pour en obtenir
» le quartier à échoir dans deux
» mois.

» Il m'est pénible, monsieur, de
» faire de tels aveux contre une femme
» qui a été la mienne; je pense que
» vous saurez les apprécier. J'ai voulu
» vous mettre à même d'opter entre
» un ami véritable qui veut éclairer
» votre conduite, et une maîtresse
» qui ne vous promet que des regrets.
» Si votre choix tombe sur moi, j'at-
» tends de votre loyauté que vous ne
» prononcerez jamais devant moi un
» seul mot qui me rappelle la personne

» qui nous occupe, vous depuis hier,
» moi depuis trois heures.

» Je vous salue.

» DE SAINT-LAURENT. »

Cette lettre jeta Hippolyte dans la plus affreuse anxiété. Il se livra tour à tour aux soupçons, à la haine, à la vengeance, aux remords. Il ne pouvait croire Julie aussi coupable ; d'un autre côté M. de Saint-Laurent lui fournissait des preuves irrécusables de son inconduite. Incertain sur le parti qu'il devait prendre, il sort de chez lui, et se jette dans une voiture. Le cocher attendait ses ordres. Pressé de donner une adresse, il indique celle de Julie. Il arrive. — Madame est sortie. — Ce n'est pas possible; il est près de minuit. — Madame rentre souvent plus tard. —

Hippolyte, par une sorte d'inspiration, se fait conduire au palais Royal. Il monte au jeu. La séance se levait. Il aperçoit Julie quittant une table, et donnant gaiem-nt le bras pour sortir à un capitaine de dragons. Le trop confiant jeune homme reconnut aussitôt combien il avait été dupe de la perfidie étudiée d'une femme ; il fut un instant sur le point de se livrer à son ressentiment ; mais en réfléchissant il sut se respecter ; il dédaigna d'adresser à cette femme corrompue de justes mais inutiles reproches. Il préféra se rendre chez M. de Saint-Laurent, pour l'informer qu'il lui conservait son amitié, et afin d'oublier le plus vite possible celle qui, par calcul, mais avec raison, s'était déclarée indigne de ses sentimens. Hippolyte en abordant

son ami se rappela la défense qu'il
lui avait faite de ne lui jamais parler
de son aventure; il se contenta de lui
serrer la main, de l'embrasser, et de
lui dire: Nous nous reverrons demain.

# QUATRIÈME SOIRÉE.

## Les Époux philosophes.

Une sorte de réconciliation devenait nécessaire entre les deux amis. Hippolyte pensa qu'un bon dîner y contribuerait plus efficacement que de longs discours, et à cet effet il envoya une invitation à M. de Saint-Laurent, qui l'accepta. Le rendez-vous fut encore donné au palais Royal ; mais cette fois Hippolyte se promit bien de ne plus y être la dupe de femmes au ton honnête, aux manières distinguées, et de n'y voir au contraire que des *filles*, dût-il se tromper ; dans ce cas du moins il trouverait du plaisir à revenir de son erreur. Arrivés chez le restaurateur Justa, ces messieurs prirent un cabinet particulier. Ils mirent beaucoup de gaieté dans leur repas, et parurent ne point se rappeler l'anecdote de la veille; on but passablement, et au dessert M. de Saint-Laurent conta à son ami, selon sa coutume, une aventure qui lui était arrivée au palais Royal.

— Ce palais Royal, dit-il, voit chaque jour se passer dans son sein une infinité de scènes souvent scandaleuses, mais presque toujours galantes. Un temple qu'on aurait élevé tout exprès au libertinage ne serait pas, à coup sûr, fréquenté par plus de libertins; c'est l'arsenal le plus complet de toutes les armes de la séduction. Ces cabinets particuliers, par exemple, de combien de défaites n'ont-ils pas été témoins ! Ce n'est pas qu'à Paris, chez la plupart des restaurateurs, il n'existe aussi des cabinets particuliers ; mais dans ceux-ci du moins une femme en y entrant se plaît quelquefois encore à caresser le sentiment de sa force ; elle est vaincue, sans doute, puisqu'elle a consenti à s'y laisser renfermer ; mais au palais Royal il n'en est pas ainsi. Une sorte de prestige est attachée à ces boudoirs publics : la femme, même vertueuse, s'il en est, mais c'est un bijou rare ; la femme, dis-je, qui s'y laisse conduire, sous quelque prétexte que ce soit, s'abandonne aussitôt au sentiment de sa faiblesse ; elle perd tous ses moyens de défense, et n'a plus que des désirs : elle se trouverait en quelque sorte humiliée s'il arrivait qu'elle en sortît sage, et malheur au cavalier trop respectueux ou trop timide qui se serait rendu coupable d'un tel crime !

J'avais jeté un regard de convoitise sur la femme d'un de mes voisins ; c'était une prude. Son mari, quoique libertin et connaissant les femmes, avait une telle confiance dans la sienne, que dans des conversations particulières avec ses amis il ne rougissait pas de dire : — Je mettrais ma main au feu que ma femme est incapable de me faire cocu ; j'en ferais presque l'essai.—Du reste il convenait que tous les maris étaient cocus, mais lui seul excepté. J'acceptai en secret son défi, et, pour l'exemple, je voulus lui donner une bonne leçon. Je me repentis de l'avoir poussée trop loin.

Son aveuglement sur sa femme ne

lui permettait pas de surveiller sa conduite ; il la laissait entièrement libre ,
et les visites fréquentes d'un ami ne
lui portaient aucun ombrage ; il les
prenait pour lui. Je profitai si bien
de l'avantage qui m'était offert, qu'en
moins de huit jours madame consentit à venir avec moi manger des gaufres au palais Royal. Certaine que son
mari ne s'y opposerait pas , elle voulait, non pas lui en demander la permission , mais l'en avertir ; elle l'eût
alors trompé plus complètement ; cependant je m'y opposai, parce que cela
eût dérangé mon plan, et le mystère
dont je parus vouloir envelopper notre
petite partie ne lui déplut pas ; elle y
ajouta même ; ce qui me fit voir qu'une
femme *honnête* peut, comme une autre , se prêter à l'intrigue. Au lieu de
sortir seulement le soir, comme nous

en étions d'abord convenus, je l'engageai à venir au rendez-vous avant
quatre heures, sous le prétexte de
faire un tour de promenade ; elle se
prêta de bonne grâce à mon invitation, et fit dire en sortant à son mari
qu'elle était allée dîner chez sa sœur.
Je lui sus gré de cette attention.

Le dîner en tête à tête devenait inévitable. On remit au soir la partie
des gaufres. J'amenai tout douce-
ment madame de Ligneul à se laisser
conduire dans un fort joli petit cabinet, chez un restaurateur du palais
Royal. Elle ne put se défendre d'un
certain mouvement de honte en y entrant. La rougeur qui se répandit
aussitôt sur son visage donna à tous
ses traits une expression qu'on n'y
remarquait pas ordinairement ; sa
froideur habituelle semblait avoir déjà

fait place aux désirs. Toutefois elle
voulut que la porte restât ouverte.
Je ne m'y opposai pas d'abord ; mais,
lorsque le garçon eut terminé son service, je prétendis que cela était im-
prudent, et elle en convint. La porte
fermée, je l'engageai à se débarrasser
de son schal, et peu après à me souffrir à côté d'elle sur la même banquette. Son embarras allait croissant ;
elle mangeait peu : je l'excitai à boire.
Dès les premières libertés que mes
mains se permirent elle se fâcha :
loin de me rebuter, je redoublai mes
attaques : elle pleura, se reprocha
son imprudence, et finit par me demander le plus grand secret, la plus
grande circonspection devant les personnes de sa connaissance. L'affaire
était terminée ; on pouvait compter
un cocu de plus, si déjà M. de Ligneul

ne l'était ; mais sa femme me jura sur son honneur ( je la tenais alors entre mes bras ) que c'était la première infidélité qu'elle lui faisait. Je dus la croire ; mon amour propre s'en trouvait flatté.

Le présomptueux était puni ; mais il l'ignorait, et je vous ai promis un exemple. M. de Ligneul entretenait une maîtresse qui avait aussi été la mienne ; j'étais encore assez bien avec elle. Je lui avais fait part de mon plan : elle seule pouvait m'aider à l'exécuter, et elle s'y prêta d'autant plus volontiers qu'elle y trouvait son avantage : c'est le triomphe d'une maîtresse que de prouver à son amant qu'il est trahi par sa femme. Nous avions fait ensemble le choix du restaurateur ; nous avions à l'avance retenu deux cabinets voisins l'un de

l'autre, et le tout fut arrangé de manière qu'une simple cloison, dans laquelle une légère ouverture se trouvait dès la veille pratiquée par nos
soins, séparait le mari de la femme,
tous deux s'occupant, dans la plus parfaite sécurité, d'une affaire à peu près
semblable; la seule différence consis-
tait dans le genre de séduction; M. de
Ligneul avait cédé aux désirs de sa
maîtresse, et sa femme aux miens.

La curiosité est naturelle aux femmes. M. de Ligneul ne trouva pas ex-
traordinaire que Victorine, sa maîtresse, entendant du bruit dans le
cabinet voisin du leur, cherchât plusieurs fois à y porter un œil indiscret.
Julie et moi nous étions convenus de
nos signaux. — Regarde donc, mon
ami, dit-elle à M. de Ligneul dans
un moment où j'étais avec sa femme

dans une position assez curieuse en effet ; regarde donc.—Les seules parties de notre corps que l'on pouvait alors découvrir à travers la cloison étaient précisément celles qui sont le plus opposées à la figure, et comme les objets offerts aux regards de M. de Ligneul se ressemblent à peu près chez tous les individus, nous ne pûmes cette fois être reconnus. Ce spectacle fit renaître chez M. de Ligneul des désirs que la facilité de les contenter semblait avoir éteints : Victorine s'en trouva fort bien. Un nouveau signal est donné, et c'est à notre tour à observer nos voisins. Madame de Ligneul regarde, détourne la tête, et sourit ; elle regarde encore, puis encore, et jette un cri perçant : M. de Ligneul, en sortant des bras de Victorine, venait de s'approcher du trou.

Il ne peut reconnaître sa femme; mais il m'aperçoit, et part d'un éclat de rire en instruisant Victorine de sa découverte.

Ce contre - temps dérangea mes projets; mais le hasard me conduisit à mon but par une autre route que celle que je m'étais tracée. Je me trouvais fort embarrassé avec madame de Ligneul; elle s'était évanouie, et je n'avais aucune essence à lui faire respirer. Je sonne, en me rajustant de mon mieux. Le garçon tarde à arriver; j'ouvre la porte, et lui crie d'apporter quelque eau spiritueuse. Victorine en avait sur elle un flacon. L'officieux M. de Ligneul s'empresse de venir me l'offrir, en me félicitant tout bas sur ma bonne fortune. J'accepte le flacon; je me place entre le mari et la femme, croyant dérober l'une aux regards de l'autre; mais c'est

en vain; madame de Ligneul était re-
connue avant d'avoir repris ses sens.
Son mari est furieux; il saisit un cou-
teau, il veut frapper..... Cependant il
balance entre sa femme et moi, et
Victorine parvient à l'entraîner dans
son cabinet. Madame de Ligneul, revenue à elle, jette de nouveaux cris,
fond en larmes, et veut se précipiter
par la fenêtre pour prévenir son mari,
qui, à travers la cloison, menaçait de
nous y jeter tous. Nous eûmes, Victorine et moi, une peine inimagina-
ble à obtenir de nos époux humiliés
le calme nécessaire pour entamer une
négociation; enfin nous y parvînmes,
et nous pûmes nous féliciter du succès
de notre entreprise. Il est vrai de
dire que nous eussions complétement
échoué si Ligneul n'eût pas été un
homme d'esprit. Il en agit avec sa

femme d'une manière fort admirable.

M. et madame de Ligneul recon-
nurent qu'ils avaient l'un et l'autre
de grands torts à se reprocher, et la
honte d'un tel aveu leur fit prononcer
en même temps le mot terrible de
*divorce*. Mais, d'après nos observations, ils sentirent bientôt combien il était préférable de se pardonner réciproquement plutôt que
de s'abandonner à une vengeance
scandaleuse qui ne pourrait manquer
d'attirer sur eux le blâme et le mépris
de toutes les personnes qui seraient
instruites de leur aventure, et une
séparation devait nécessairement pro-
duire ce redoutable effet ; un divorce
pour cause d'adultère n'a jamais
rendu au mari son honneur, à la
femme sa vertu. Victorine et moi nous
fîmes aux deux époux le serment de
ne jamais révéler le secret dont nous

étions dépositaires. Je ne sais si Victorine a tenu le sien ; pour moi je ne le viole aujourd'hui que parce que les deux époux sont morts et que leur famille a quitté la France. Enfin, nous les amenâmes à se donner la main , à se promettre de ne s'adresser jamais aucun reproche au sujet de leurs petites faiblesses , et à nous pardonner aussi la leçon que nous leur avions donnée. Aucune autre condition ne fut exigée : on n'eut pas la folie de parler de fidélité pour l'avenir ; nous étions tous trop convaincus de la fragilité humaine pour admettre la possibilité de cette fidélité conjugale dont on parle toujours , et dont , si l'on était de bonne foi, on ne pourrait citer aucun exemple ; l'expérience la condamne , et la nature semble la repousser ; car , en effet,

qui oserait se flatter de commander
à ses sens ? Un tyran soumet des
millions d'esclaves, et il ne peut se
soumettre lui-même. Combien d'hommes prêchent morale à leur femme,
et vont l'instant d'après séduire celle
de leur voisin ! Et combien de femmes se dédommagent de la soumis-
sion maritale dans les bras du mari
de leur voisine ! Mais ce qui, dans ces
deux cas, est vraiment contradic-
toire, c'est l'indulgence accordée aux
hommes et la sévérité déployée envers
les femmes. Toutefois il est généralement reconnu que l'on doit compter
le nombre des cocus par le nombre
des maris ; mais si ce calcul est vrai,
qui fait tant de cocus ? Les céliba-
taires ? Ils sont en trop petite minorité
relativement aux maris. Convenons
plutôt que ces derniers font une

guerre permanente à leurs confrères, et qu'au surplus les deux sexes n'ont rien à se reprocher. Laissons aux gens à préjugés consacrer le principe que l'intérêt des familles et l'honneur des hommes , si honneur il y a dans le cas qui nous occupe, exigent impérieusement que l'on punisse avec sévérité la femme adultère , et que l'on use d'indulgence envers l'homme qui l'aura séduite ; ce qui n'empêchera pas que tous les maris ne soient cocus jusqu'à la fin des siècles. Mais quant à nous, plaçons-nous au-dessus du vulgaire.

Ces réflexions achevèrent de convaincre M. et madame de Ligneul , et leur raccommodement fut tout-à-fait complet. Pour le sceller ils convinrent de coucher ensemble dès le même soir, et ils se tinrent parole.

On ne statua rien pour la suite, la plus grande liberté devant régner entre eux. Ils finirent leurs jours dans la plus parfaite intimité, en gens qui savent vivre et se placer au-dessus de leur siècle. Ils ne cessèrent pendant toute leur vie de me témoigner de la reconnaissance pour le service que je leur avais rendu. Avant cet heureux événement ce n'étaient que des époux ordinaires ; dès-lors, sans cependant connaître leur aventure , mais d'après leur manière *libérale* de se conduire dans le monde , chacun se plut à les nommer les *époux philosophes*.—

Quand M. de Saint-Laurent eut terminé son récit, —Je suis trop poli, lui dit Hippolyte, pour vous dire que je ne crois pas vraie votre anecdote ; mais vous me permettrez au moins de vous déclarer que je la trouve très-invraisemblable. Et quant à la morale, mon ami....... — C'est celle du palais Royal, interrompit M. de Saint-Laurent. Au surplus, continua-t-il, si je vous montrais ce soir même, et sans sortir du palais Royal, des époux encore plus philosophes que M. et madame de Ligneul....—Je pourrais douter encore de la conduite de ceux-ci, reprit Hippolyte ; mais je n'en serais pas moins curieux de connaître l'histoire des autres.—Hé bien, allons d'abord prendre le café chez un de ces époux philosophes ; ensuite nous visiterons, en nous promenant, quelques-uns de ses confrères.

Voyez ces élégans salons ; ils sont richement décorés : le comptoir est un chef-d'œuvre de l'art ; mais c'est la dame seule qui l'occupe que l'on est convenu de venir admirer, et c'est à elle en effet qu'il faut en rendre hommage, car elle en est le plus utile, le plus indispensable ornement. Sans elle ce bel établissement, qui attire la foule et qui excite l'admiration, n'existerait pas. Le public s'en serait bien passé, sans doute, mais le mari de cette dame serait encore dans la misère, et il a fait une fortune que son inconduite lui fera probablement dissiper ; en attendant il s'amuse, et c'est à peu près tout ce qu'il est en état de faire. Il doit à la beauté de sa femme l'honneur d'avoir été cocufié par un étranger, homme d'état aussi riche que généreux. Ce mari ne l'ignore pas ; au contraire, il en témoigne chaque nuit sa reconnaissance à sa femme, en lui laissant libre la place qu'il devrait occuper dans son lit. Il serait homme à vous procurer lui-même auprès de son épouse s'il vous convenait de lui compter une somme raisonnable.

Regardez là-bas ce gros homme qui boit gaiement un bol de punch avec un de ses amis. C'est le mari d'une marchande de modes chez laquelle nous entrerons ce soir si vous le trouvez bon. Il occupe dans quelque ministère un médiocre emploi de quinze cents francs. Il aime la dépense, et cette somme ne pouvait lui suffire; son ménage souffrait considérablement. Voyez ce que peut une femme de mérite! Tout à coup l'argent roule dans sa maison; sa femme loue une boutique de mille écus par an, et ne s'informe plus quand vient la fin du mois; elle laisse à son mari ses appoinfemens, et ce dernier accueille avec une joie inexprimable ce changement ines-péré de fortune. Dans son bonheur il ne songe pas même à en demander la cause à sa femme. Cependant il voit chez lui beaucoup de gens que jamais il n'y avait rencontrés ; sa femme va au spectacle ; elle fait des parties de campagne ; elle donne des goûters, auxquels elle invite son mari... à ne pas se trouver, en lui offrant de l'argent pour qu'il porte ailleurs ses pas. Que de complaisance de part et d'autre! Tout cela marche sans éprouver le moindre obstacle. Un sot ne se per-mit-il pas un jour de dire à ce sage mari, son voisin, qu'il était cocu !—Ah! plût à Dieu, répondit ce dernier, que je le fusse depuis dix ans! J'au-rais eu huit années de moins de mi-

sère. Mais il faut l'être de la bonne
manière : vous, par exemple, vous
l'êtes aussi (et c'était vrai ), mais d'une
manière ignoble ; votre femme entre-
tient un amant.—Le sot cocu fut pé-
trifié; il exigea des preuves, et on lui
en donna : sa femme le ruinait pour
son premier garçon de boutique. Il fit
du bruit; on le montra au doigt.—

Après avoir parcouru toutes les ga-
leries du palais Royal, reconnu une
trentaine de cocus prudens, et une
demi-douzaine de cocus maladroits,
Hippolyte demanda à M. de Saint-
Laurent de le conduire chez la marchande de modes dont il lui avait
parlé. Le gros mari était présent; il
s'empressa de sortir aussitôt qu'il vit
entrer ces messieurs. M. de Saint-
Laurent fit l'aimable avec la maîtresse

de la maison, qu'il connaissait depuis long-temps, et Hippolyte se laissa prendre dans les filets d'une fille de boutique nommée *Virginie*, à qui il promit de revenir le lendemain.

# CINQUIÈME SOIRÉE.

*Le délicat Marché d'amour. Le Pucelage enlevé par un Médecin.*

---

**M.** DE SAINT-LAURENT chercha par ses discours à détourner son ami du projet qu'il avait formé de faire de Virginie sa maîtresse; il lui représenta tous les dangers qu'offrait une telle liaison; mais ce fut en vain : Hippolyte était amoureux; il lui fallait une femme; il redoutait également et les filles publiques et les femmes soi-disant honnêtes, et il croyait avoir trouvé le moyen de ne point se compromettre avec les unes, de n'être point la dupe des autres, et d'éviter en même temps un attachement sérieux. Ayant échoué dans son projet, M. de Saint-Laurent voulut du moins être présent à *l'arrangement* qui le lendemain devait se conclure entre les deux amans. On se donna donc rendez-vous chez la marchande de modes, dont nous cacherons le nom véritable sous celui de madame Durand.

Un dîner fut aussitôt proposé par ces messieurs, et accepté sans façons par ces dames. M. de Saint-Laurent et madame Durand, Hippolyte et Virginie se rendirent chez un restaurateur voisin, dans un cabinet particulier. Le dîner fut délicat, et les convives l'égayèrent beaucoup par leur conversation, tantôt *sentimentale*, souvent très - leste, et toujours fort piquante. On n'en était pas au dessert, qu'Hippolyte avait déjà fait auprès de Virginie assez de progrès pour regretter de n'être pas seul avec elle. Madame Durand s'en aperçut, et, en femme exercée, hâta la conclusion de l'affaire.—Monsieur, dit-elle, ne pouvait mieux tomber; ce n'est pas parce qu'elle est là, mais Virginie est véritablement un petit trésor; seize ans, de la beauté, de la grâce, de la douceur, des talens, de la délicatesse dans les procédés, la voilà telle qu'elle est. Il ne faut cependant rien cacher à monsieur; n'est-ce pas, Virginie?— Non, madame; parlez.—Virginie a eu un de ces petits malheurs qu'on ne peut guère éviter à son âge. Virginie est un ange; mais elle a cessé d'être vierge. Ne rougis pas, ma petite;

monsieur connaît sans doute trop bien le monde pour ne pas convenir qu'une fille qui garde son pucelage jusqu'à seize ans est une fille qui n'offre aucun mérite. — La loi, interrompit en riant M. de Saint-Laurent, autorise les filles à se laisser prendre leur pucelage à quatorze ans. — J'en avais treize, dit ingénuement Virginie.— Aussi a-t-elle eu affaire à un scélérat, reprit madame Durand, et je puis vous assurer que son cœur n'y était pour rien ; elle n'a jamais aimé personne ; elle a été séduite enfin, mais d'une manière abominable.—

M. de Saint-Laurent parut désirer vivement de connaître l'aventure de Virginie : madame Durand allait le satisfaire ; mais il insista pour que ce fût Virginie elle-même qui la racontât. Celle-ci s'y refusa un moment ;

elle attendait qu'Hippolyte l'en priât,
ce qu'il fit, et l'*ingénue* prit ainsi la
parole :

—J'étais chez mes parens. Une maladie de langueur m'avait atteinte ;
une pâleur affreuse couvrait mon visage, et je me refusais à prendre toute
espèce de nourriture. Chacun disait
que cela n'était rien, que cela se pas-
serait *en grandissant*, enfin que c'était
une maladie de fille, à laquelle il n'y
avait presque rien à faire. Cependant
mes parens appelèrent un médecin :
c'était M. Duval. Il sourit en me
voyant, et promit qu'avant peu, si je
suivais ses conseils, je serais rendue à
la santé. Il indiqua une tisane légère,
me recommanda la promenade, prétendit que ses visites étaient inutiles,
et invita mes parens à m'envoyer chez
lui les matins. On y consentit. Ma

mère m'accompagna la première fois,
et me laissa aller seule ensuite.-

— Votre maladie n'est point dange-
reuse, me dit M. Duval un jour; mais
elle pourrait traîner en longueur si
l'on n'y portait un prompt remède.
J'ai promis de vous guérir, et je tien-
drai parole. Je serais inconsolable de
voir plus long-temps souffrir une aussi
belle enfant. Quel âge avez-vous ? —
Treize ans.—C'est encore bien jeune.
Vous paraissez formée comme une
fille de quinze. Il est nécessaire alors
que je voie quelques parties de votre
corps. Otez votre fichu, ma petite
amie....... Votre peau est d'une blancheur éblouissante....... Votre corset
est trop serré; cela arrête la crois-
sance..... A la bonne heure....Voyez-
vous cette marque imprimée sur vos
seins; c'est l'effet de ces baleines......

Il faut que je les baise, ces jolis petits seins, pour les consoler de leurs souffrances..... Oh! que cette gorge naissante est admirable! Ma bonne amie, vous ferez une fort jolie fille. Dites-moi, ne sentez - vous pas quelques douleurs là....... plus bas....' là, bien. — Non, monsieur. — Quelques démangeaisons ? — Non, monsieur. — N'importe, il faut encore que je voie cela. Le mal pourrait arriver, et il est important de le prévenir. Venez sur mes genoux, ma belle enfant.......... bien...... Tenez votre robe.... Quelle beauté! quel développement précoce de formes...... Ma main vous aurait-elle fait mal, ma petite amie ?—Non, monsieur.—Ah! voilà le siége de la maladie; je le vois, je le tiens........— Comment, là, monsieur! — Oui, mon enfant. — Mais pourquoi donc

m'embrassez-vous ainsi tout le corps?
— C'est de joie d'avoir découvert le
siége de votre maladié. — Je ne serai
donc plus long-temps malade?—Oh!
non; mais une petite opération qui
ne sera pas très-douloureuse vous est
indispensable aujourd'hui, à l'instant
même.—

M. Duval me prit alors dans ses
bras, me porta sur son lit, me recommanda de ne point crier, se plaça près
de moi, et enfin........ vous devinez le
reste. Dans l'ignorance où j'étais de
toutes choses, il m'eût bien été impossible d'apporter le moindre obstacle à son entreprise. Il recommença
son opération trois fois; mais je ne me
plaignis que de la première. Il me dit
en me quittant de ne point parler de
tout cela à mes parens, de ne plus
boire de tisane, et de revenir le voir

tous les jours, jusqu'à parfaite guéri-
son. Je vous avouerai que pendant six
mois je témoignai beaucoup de grati-
tude à **M. Duval**, et mes parens
voyaient avec plaisir les fréquentes
visites que je lui faisais; il était de-
venu l'ami de notre maison, et sur-
tout de ma mère. D'ailleurs ma santé
était parfaitement rétablie; on préten-
dait que je grandissais, que j'embel-
lissais chaque jour, et on lui en faisait
honneur. Mais le malheur voulut que
je devinsse enceinte. **M. Duval** trouva
le moyen de dérober ma grossesse à
mes parens en m'envoyant à Paris sous
le prétexte de m'y faire apprendre le
commerce de lingerie. Je fus adressée
à madame Durand, et, depuis deux
ans que je suis chez elle, je crois ne
lui avoir donné aucun sujet de répri-
mande.

—Oh! pour cela, non, répliqua madame Durand, et il faut véritablement que ce soit monsieur, dont l'air est si honnête, pour que la petite se décide à faire un second amant. —Ici M. de Saint-Laurent sourit d'un air moqueur; Hippolyte s'inclina légèrement; Virginie baissa les yeux et tâcha en vain de rougir. Quant à madame Durand, elle porta sur eux tous un regard scrutateur, et après un moment de réflexion et de silence elle de-demanda à boire. On vida une bouteille de vin de Champagne. La gaieté reparut aussitôt sur les visages, et madame Durand, en reprenant la parole, donna lieu au dialogue suivant:

*Madame Durand.* — Çà, voyons; monsieur est-il décidément dans l'intention de faire du bien à la petite? Il faut s'expliquer.

*M. de Saint-Laurent.* Si Hippolyte ne peut lui faire du bien, il est à coup sûr dans l'intention de lui procurer du plaisir.

*Madame Durand.* Je n'en doute pas; mais encore......

*Hippolyte.* Hé bien, madame, expliquez-vous, car je suis étranger à ces sortes de marchés.

*M. de Saint-Laurent, en riant.* Ne soyez pas trop chère, surtout.

*Hippolyte, d'un ton galant.* Madame peut l'être, si elle établit son calcul d'après les charmes de Virginie.

*Virginie.* Vraiment cette conversation m'est pénible à entendre.

*Madame Durand.* La pauvre petite! Je conçois que cette conversation lui fasse mal; elle est aimante, et pas du tout intéressée. Tenez, monsieur, vous allez convenir qu'en prenant ses intérêts je ne veux pas froisser les vôtres. Virginie restera à la boutique pendant le jour; mais vous serez le maître de l'y venir prendre quand vous le désirerez. Vous lui louerez et meublerez un petit appartement, duquel vous aurez chacun une clef. Elle y couchera ou seule ou avec vous.

*Hippolyte.* La remarque est au moins inutile.

*Madame Durand.* J'ai dit une bê-tise, c'est vrai, car cela ne peut être autrement.

*M. de Saint-Laurent.* Peut-être.

*Madame Durand.* Vous êtes un mé-chant, vous; mais poursuivons. Vous lui donnerez cent écus par mois pour l'entretien de sa toilette et pour ses menus plaisirs. Quant à sa garde-robe, elle n'a presque rien. Vous en ferez le fonds selon qu'il vous plaira que votre maîtresse soit élégante. Cela vous convient-il ?

*Hippolyte.* Qu'en dites-vous , Saint-Laurent ?

*M. de Saint-Laurent.* Cela ne me convient pas à moi. D'abord je ne consentirais pas à ce que Virginie continuât d'aller à la boutique de madame Durand. Il est tant de piéges *tendus à l'innocence !*

*Hippolyte.* Cette condition est de rigueur ; j'allais la proposer.

*Madame Durand.* Oh ! je répondrais d'elle ; et puis j'avais parlé pour moi..... J'aime Virginie ; sa perte me sera sensible......

*M. de Saint-Laurent.* Vous aurez des épingles.

*Madame Durand.* Je ne vous comprends pas, Saint-Laurent. Croyez-vous que l'intérêt......

*M. de Saint-Laurent.* Laissons cela. Ensuite je propose deux cents fr. par mois.

*Hippolyte.* Et moi je les promets.

*Madame Durand.* Ah ! ce n'est pas assez, par exemple, pour quelqu'un du bon ton.

*Virginie.* Finissons. Moi je m'en rapporte à Hippolyte. Son amitié me tiendra lieu de tout, et j'espère la mériter aussi-bien que son amour.

*Madame Durand.* Allons, soit. On n'est pas meilleure enfant que cette Virginie. M. Hippolyte, je me charge de louer l'appartement et de le meubler. On pourrait vous tromper, et j'ai dans mes connaissances un tapissier fort accommodant. Je ne mets dans cette affaire d'autre intérêt, je vous jure, que celui de vous être agréable.

*Hippolyte.* J'en serai reconnaissant.

*Madame Durand.* Mais dites-moi... si ce soir....... N'est - ce pas, Virginie ?

*Virginie.* Comme Hippolyte voudra.

*Madame Durand.* Si ce soir, M. Hippolyte, vous voulez reconduire la petite......

*M. de Saint-Laurent.* Dites donc , et coucher avec elle.

*Madame Durand.* C'est cela. Elle a sa chambre à la maison. Son lit est un peu petit ; mais pour une fois.......

*Hippolyte.* J'accepte volontiers. Partons.

*M. de Saint-Laurent.* Pour moi, je ne veux pas m'en aller seul. Ma petite Durand , je te demande de renouveler connaissance ensemble cette nuit.

*Madame Durand.* Vraiment! Mais je n'ai pas averti mon mari que j'aurais du monde.

*M. de Saint-Laurent.* On l'avertira plus tard; je sais qu'il est docile.

*Madame Durand.* A la bonne heure. Disons comme Hippolyte : Partons.——

# SIXIÈME SOIRÉE.

## *Trahison d'amour. Nouveaux plaisirs. Désastres.*

Tʀᴏɪs semaines s'étaient écoulées depuis le marché conclu avec madame Durand. Hippolyte, tout entier à sa Virginie, en avait passé une partie dans les plaisirs et dans la volupté ; ce n'étaient que fêtes, bals, spectacles et nuits délicieuses. Virginie continuait de jouer avec le plus grand succès son rôle d'ingénue, lorsque tout à coup le voile, en se déchirant, laissa le malheureux Hippolyte dans la plus grande consternation ; il avait éprouvé tout ce que doit craindre, sans presque jamais pouvoir l'éviter, l'homme trop confiant qui pense qu'une femme est à lui seul dès qu'il la paie ; comme si l'argent inspirait l'amitié ! L'amour se donne pour rien. Ne sait-on pas que les femmes brûlent de se *donner* dès qu'elles ne se croient plus libres ? Le mariage en fournit des preuves concluantes. Une jeune fille *honnéte* laissera sécher d'amour un amant tendre et sensible : pour prix de tant de vertu devient-elle son épouse, elle le fait cocu le lendemain de ses noces.

Un indigne rival fut admis à partager les droits prétendus d'Hippolyte : c'était un garçon limonadier ; il ne payait pas, mais il était brutal en procédés et vigoureux en amour ; aussi était-il aimé de Virginie. Le matin

d'un beau jour Hippolyte s'éveille
sortant d'un songe voluptueux, et tout
rempli de désirs que seul il ne pouvait satisfaire. La veille au soir il avait
cru devoir penser à son repos, et s'é-
tait retiré chez lui, laissant la timide
Virginie dans sa couche solitaire. Il
se lève, fait emplette de fleurs, et
court pour offrir à sa maîtresse le
double tribut de sa galanterie et de
son amour. On se rappelle qu'il avait
une seconde clef de l'appartement de
Virginie. Il entre...... L'ingénue dor-
mait dans les bras du butor. Hippolyte ne peut contenir le courroux qui
le transporte; il accable de justes reproches son infâme maîtresse, brise
en éclats sa toilette, ses glaces, dé-
chire tous ceux de ses vêtemens qu'il
rencontre sous sa main, et ordonne à
son rival de le suivre au bois de Bou-

logne. Celui-ci s'habille sans oser pro-
férer une parole; mais quelle humiliation il ménageait encore, sans le
savoir, à l'amant trompé !

Hippolyte, apercevant le favori de
Virginie endosser une petite veste
ronde et mettre un grand tablier blanc,
se trouva doublement déshonoré ;
il se saisit alors d'un bâton , et frappe
sur le garçon limonadier , qui n'avait
osé parler , mais qui savait mieux
qu'Hippolyte se défendre et se battre.
Le scandale est à son comble. On ac-
court de toute part. Virginie fuit en
chemise, et le pauvre Hippolyte allait
succomber sous la force nerveuse de
son grossier rival , lorsque des voisins
parvinrent à les séparer. On parla
d'aller chez le commissaire de police ;
mais de quel ridicule ne se couvre pas
un homme honnête déclarant à un

magistrat qu'il a été dupé par une fille !
Hippolyte le sentit, et se retira chez
lui pour faire panser ses blessures.

Le soir il se rendit machinale-
ment chez madame Durand. Cette
femme adroite courut au-devant de
lui aussitôt qu'elle l'aperçut, et l'em-
pêcha par ses discours d'ouvrir le premier la bouche ; elle parut désolée, le
plaignit sincèrement, l'assura qu'elle
avait été la première trompée sur le
compte de Virginie, et lui dit, pour
le consoler, qu'elle avait pris de nouvelles informations sur cette petite
coquine, et que ce n'était pas son
coup d'essai. Elle lui apprit elle-
même la fin de l'aventure du matin.
Virginie et le garçon limonadier s'é-
taient empressés de déménager l'appartement meublé par Hippolyte, et
de se retirer ensemble dans un autre

quartier. On ignorait leur demeure. Hippolyte quitta madame Durand sans daigner lui faire aucune observation.

Quelques jours après, se promenant dans le jardin du palais Royal, il s'abandonnait à des réflexions un peu tardives, et se rappelait inutilement les prédictions de M. de Saint-Laurent, qu'il n'avait osé aller revoir ; il finit par donner un moment d'attention à l'état de ses finances. Son école de trois semaines lui avait coûté , sans y comprendre les parties de plaisir, six mille francs, et encore l'ameublement et la toilette de Virginie avaient-ils paru très-médiocres à madame Durand.

Un désastre en amène un autre. Hippolyte était d'une famille aisée ; mais il n'avait pas encore de fortune à sa disposition. Pour réunir cette somme il avait emprunté ; toutefois il pouvait se liquider à des époques déterminées , et ses revenus n'auraient dû lui laisser aucune inquiétude à ce sujet ; il serait parvenu très-facilement à payer sa dette aux termes convenus ; mais devoir lui paraissait un obstacle à l'oubli dans lequel il voulait envelopper sa dernière aventure. Entré sous le pavillon de la Paix pour y prendre quelque rafraîchissement , il aperçut de sa place les fenêtres du n° 113. — Qui sait ? se dit-il ; le hasard.... Au surplus, quelques louis de plus ou de moins... Je n'en ferai pas une habitude. Essayons..... Si je pouvais m'acquitter.....— Il monte au jeu ; il regarde, il balance encore, il s'imagine que tout Paris le voit, il n'ose poser sa première pièce. Pourtant il a de bonnes idées ; déjà trois fois tels numéros sont sortis ; il les avait devinés ; il aurait donc gagné....... Enfin , l'œil inquiet , l'esprit agité, le visage couvert d'un rouge pourpre, et la main tremblante, il se hasarde..... Il joue. D'une voix basse il prononce d'abord : *à l'impair.... sur la rouge ;* puis d'une voix plus assurée il dit, l'instant d'après : *aux douze du milieu... aux six derniers.....* Et les maudits numéros, d'abord si dociles, s'obstinent à ne plus vouloir sortir. Cependant le combat s'engage , et quelques succès décident pour jamais du sort d'Hippolyte.

Il était entré au jeu avec une cinquantaine d'écus, quel bonheur pour lui s'il les eût perdus tout d'abord! Il n'en fut pas ainsi. A minuit il comptait devant lui cent écus. La joie se lisait facilement sur ses traits. On crie : *aux*

*rois dernières.* Une fille qui se trouvait près de lui, et qui depuis long-
temps l'accablait de ses grimaces aga-
çantes et de ses conseils, prend un
rateau et lui indique un numéro *sûr.*
Il obéit par complaisance, et gagne.
— Il répétera, lui dit la fille ; laissez-y
une pièce ; deux sur la transversale.
— Et en effet le numéro répète. Cruelle
faveur du hasard ! Hippolyte sort du
jeu avec vingt-cinq louis. Reconnaissant, il en donne deux à sa voisine.
Mais ce n'était assez ; elle convoi-
tait sa personne tout entière. Ses
offres amoureuses ne tentèrent pas
Hippolyte ; elle le séduisit par l'attrait
du jeu. — Tu as du bonheur, mon
petit. Tu devrais aller au Pince-c....
— Au..... — Tu ne connais pas
cela ! Viens, je vais t'y conduire, mon
petit homme....Je reste avec toi d'a-

bord : tu sais que je t'ai bien conseillé. — Mais où allons-nous enfin ? — Au *bal des Étrangers ;* c'est là-bas dans l'autre galerie. Il y a un restaurateur.... Ah ! tu paieras à souper, n'est-ce pas, si tu gagnes ? Tu pourras jouer au trente-un, à la roulette, ou au craps. C'est bien gentil ; tu verras. Sais-tu walser ? — Oui. — Oh ! tant mieux. — Et l'on arrive au bal *sentimental.*

Hippolyte passa rapidement en revue la salle du restaurant, dans laquelle se renouvellent chaque nuit tant d'orgies ; la salle de danse, théâtre d'une gaieté libidineuse que les habitués du lieu prennent pour de la volupté ; enfin les salles de jeu, qui présentent le tableau le plus varié de tout ce que peut offrir une assemblée tumultueuse dans laquelle cha-

que individu laisse lire , fortement
tracé sur son visage , ou le repentir ,
ou la corruption , ou l'espoir , ou la
rage , ou la joie , ou la tristesse , quelquefois le crime , et toujours le libertinage le plus effréné. Hippolyte n'a-
vait point apporté au bal des Etran-
gers un esprit d'observation : il devint
aussitôt acteur. Après avoir bu un bôl
de punch avec son opiniâtre conseil-
lère , qui vingt fois l'embrassa sur
la bouche malgré lui , il prit place à
la Roulette, caressant au fond de son
âme l'espérance trompeuse d'avancer
de beaucoup , dans la nuit même , le
rétablissement de ses affaires. Il joua ;
il perdit , regagna, et se trouva à
quatre heures du matin avec la même
somme qu'il avait apportée. Il eut le
malheur de voir en cela un augure
favorable; il crut se rappeler quel-

ques fautes, comme si le hasard permettait les calculs, et il se promit bien que désormais il ne sortirait plus du jeu sans avoir remporté un avantage. Déjà son imagination délirante lui présentait des martingales *sûres*. Il regrettait qu'il lui fallût attendre jusqu'à midi pour recommencer le combat. En un jour le voilà joueur consommé. Sorti joyeux du Pince-c.., il ne lui manque plus que de se familiariser avec les bord...; ce dernier point ne va pas tarder à compléter son éducation.

La fille qui s'était attachée à ses pas renouvelle ses instances; une de ses compagnes vient y joindre les siennes, et toutes deux sont écoutées favorablement. — Mon petit, nous trouverons à la maison tout ce qu'il faut pour souper. — Ah ! emmène - moi aussi, mon choux. Tiens, je demeure dans la même maison qu'Aline. Nous souperons ensemble; nous nous amuserons comme des dieux. Si tu savais comme nous sommes polissonnes ! — Elle a raison, Victoire. Tu auras deux petites femmes bien complaisantes. Veux-tu ? —

Hippolyte y consent de tout son cœur. Il se croit un petit sultan, et ce nouveau genre de libertinage a pour lui des charmes. Il part, donnant le bras à ses conquêtes faciles, mais aimables à ses yeux. — Celles-ci ne se déguisent pas du moins, se disait-il tout bas ; c'est leur état. Elles ne peuvent m'abuser sur leur compte, comme l'ont fait l'honnête Julie et l'ingénue Victorine, et elles me procureront pour le moins autant de plaisir.—

Hippolyte se laisse donc conduire par ses deux sultanes, dont le sérail était situé rue Croix des Petits-Champs. Elles étaient gaies, très-gaies; Hippolyte le paraissait aussi, mais au fond il ne l'était pas; néanmoins il prenait pour de la gaieté cette sorte de délire, cet abandon de soi-même dont on éprouve secrètement le besoin lorsqu'on s'écarte de tout sentiment de pudeur. On appelle cela *s'étourdir*. Malheur au jeune homme qui, plein d'assurance, n'a plus besoin de s'étourdir pour se livrer à de tels écarts! Son cœur est fermé au repentir; ses regrets ressemblent à de la rage, et lorsque la misère vient à le frapper de ses coups, il est rare qu'il n'emploie des moyens peu délicats pour s'y soustraire.

Arrivé au temple, le trio s'établit

dans une seule chapelle , et deux des-
servantes subalternes sont appelées
pour débarrasser les prêtresses de
leurs vêtemens. Hippolyte satisfait la
supérieure du lieu ; cette dame fait
alors préparer le souper, et se retire ,
en adressant mille choses encoura-
geantes à son aimable hôte. Déjà les
sacrifices avaient commencé , malgré
la présence des deux servantes, qui ,
jadis actrices en pied , étaient deve-
nues pensionnaires, et obligées par
état de favoriser des plaisirs qu'elles
ne partageaient plus. Aline et Victoire, aussi nues qu'Eve, mais moins
timides , étaient entrées en scène ,
c'est-à-dire qu'elles s'étaient jetées sur
le lit ; Hippolyte n'avait pas tardé à
les y joindre, n'ayant plus aussi que
son état de nudité qui lui laissât quelque ressemblance avec le premier

homme du monde. Des jeux agaçans, des préludes amoureux , de légères corrections que redoute l'enfance, mais que l'âge mûr se plaît quelquefois à donner et à recevoir, occupèrent d'abord nos acteurs; bientôt un engagement sérieux, et très-sérieux, puisqu'on cessa un instant de rire pour ne plus faire que soupirer, fut le résultat naturel de ces aimables combats. Le calme rétabli, on songea de part et d'autre à reprendre des forces, et le souper devint l'affaire essentielle. Une servante avait dressé la table; elle y plaçait les mets, les bouteilles, les verres, lorsqu'Aline, d'un ton d'inspirée, s'écria tout à coup :—Mettons la table sur le lit; nous sommes si bien........ Un lit vaut mieux qu'une chaise...... — Cet avis important fut aussitôt adopté à l'unanimité. Hippo-

Mettons la table sur le lit!....oui. oui.bravo.

lyte se rappela que souvent les Grecs mangeaient couchés, et que plusieurs peuples de l'Orient ont conservé la même habitude; il ne fut pas fâché de ressembler en quelque chose aux Grecs et aux Turcs; il crut avoir la grâce des uns et la force des autres. Chacun se mit à l'ouvrage, et en un clin d'œil le souper se trouva servi sur le lit.

Nous ne suivrons pas nos joyeux convives dans leur orgie; on devine facilement ce qu'ils étaient capables de faire; qu'il nous suffise de savoir qu'après avoir bu, mangé, chanté, fait l'amour et dormi, ils se réveillèrent tous de très-mauvaise humeur, Aline et Victoire de n'avoir pas, disaient-elles, assez reposé, et Hippolyte honteux de se trouver près d'elles. Il avait retrouvé un reste de pudeur et de respect de soi-même qui lui aurait peut-être montré le vice dans toute son horreur ; le prestige du sérail était tombé sous de sales jouissances ; mais ses plans de martingales existaient pour le distraire........ Ils se présentèrent aussitôt à son esprit, et lui firent supporter sans rougir son état d'abjection. Il quitta brusquement ses deux compagnes, qui de leur côté le virent partir avec plaisir, parce que leur rôle était joué , et qu'elles étaient autant fatiguées de leur service qu'il l'était de leurs caresses. Chacun sait , ou du moins doit penser, combien le commerce avec une fille publique semble dégoûtant alors qu'on a éteint le désir brutal qui vous aveuglait l'instant d'auparavant : il n'est pas étonnant qu'on se quitte quelquefois si mal ; la fille n'a plus rien à obtenir ; elle est payée, et il lui tarde de recommencer son métier avec un autre : quant à l'homme, s'il n'a pas de regrets, il ne peut se défendre de quelques inquiétudes.

Il était dix heures du matin lorsqu'Hippolyte rentra chez lui. Il avait besoin de repos, mais il ne crut pas de son intérêt d'en prendre; le temps lui paraissait précieux.—A midi le jeu va s'ouvrir, se disait-il; calculons..... Le résultat est infaillible. Je puis aujourd'hui même acquitter la moitié de ma dette. En jouant avec prudence je dois gagner.—Tout entier à son plan d'attaque, Hippolyte marche au combat plein d'assurance, et le malheureux ne s'aperçoit pas qu'il marche à la honte et au déshonneur. Une première défaite l'irrite ; il revient plein de vengeance, succombe, succombe encore, et chaque fois se relève avec l'espoir de ne plus retomber; mais il s'épuise enfin......., et pourtant il regrette de ne pouvoir recommencer, et il fera tous ses efforts pour s'essayer de nouveau........ Dans la soirée suivante Hippolyte nous donnera lui-même une idée de ses prouesses.

# SEPTIÈME SOIRÉE.

*Hippolyte s'amuse, se désole, et se ruine. Il se marie, et il est cocu. C'est ainsi que chacun finit. Preuves à l'appui.*

---

Nous avons laissé Hippolyte courant les jeux et les filles. Il a dû éprouver le sort de tous ceux qui se jettent dans cette périlleuse carrière. Il s'est trouvé dans des situations quelquefois agréables, mais beaucoup plus souvent désastreuses ; et ces diverses situations, ayant toujours les mêmes causes, n'offrent qu'une légère variété dans leurs effets. Nous abandonnerons donc Hippolyte à son malheur, et nous franchirons un long intervalle pour le retrouver en présence de M. de Saint-Laurent, avec qui il s'était depuis long-temps brouillé, parce qu'il avait voulu lui emprunter de l'argent, et qu'il n'avait pu en obtenir que des conseils dont il reconnaissait la justesse, mais qu'il ne se croyait plus le maître de suivre.

Quinze ans s'étaient écoulés depuis que M. de Saint-Laurent n'avait rencontré Hippolyte. Un soir, se promenant au palais Royal, il voit venir à lui un homme maigre, pâle, triste, et dont le costume indiquait presque la misère ; il s'arrête, regarde, et reconnaît son ancien élève. Hippolyte n'osait lui tendre la main : M. de Saint-Laurent lui présenta la sienne,

et, pour le mettre à son aise, lui demanda d'un ton affectueux l'état de
sa santé, ne jugeant pas à propos de
lui demander l'état de ses affaires; il
était facile de s'apercevoir que le malheureux jeune homme n'avait plus
rien à perdre. Cependant, après les
premiers momens de reconnaissance,
la conversation s'engagea, les questions devinrent toutes naturelles, et
Hippolyte parla à peu près en ces
termes à son ancien ami :

—J'avais osé donner un démenti au
vice ; je me croyais fort, et la faiblesse
était mon partage. Le vice m'a vaincu.
Le jeu, la table et les femmes se sont
partagé ma vie et ma fortune. Avant la
mort de mes parens mon héritage était
déjà dissipé. Contraint de chercher un
emploi pour vivre, j'entrai d'abord dans
une maison de commerce. Je conve-

mais à ma place ; j'étais aimé de ceux de qui je la tenais ; on me proposa même en mariage la fille de la maison : mais tout ce qui était honnête n'avait plus de charme pour moi ; le libertinage était mon élément ; le besoin de me créer des ressources pour satisfaire à mes passions me fit manquer de délicatesse envers mes bienfaiteurs : ils auraient pu me chasser ; ils se contentèrent de me remercier, en me tenant quitte des sommes que j'avais successivement détournées de leur caisse, toujours dans l'espoir de recouvrer au jeu mes premiers et secrets emprunts. Dans maintes autres circonstances, dont le récit me serait trop pénible, je me sentis fléchir sous le poids du déshonneur ; je me surpris dans l'intention de m'arracher la vie. Je résistai, sans cependant me

corriger entièrement : je reconnais-
sais tout l'odieux de ma conduite;
mais j'avais fait du vice une habitude
insurmontable.

Las cependant d'être seul malheureux, je cherchai à m'associer d'autres infortunés. Je me mariai, j'eus
des enfans, et ce changement d'exis-
tence en amena un dans ma manière
de vivre. Je rêvai un instant la sagesse ; mais

Chassez le naturel, il revient au galop.

Cependant je ne suis plus le même ;
mais je n'ose en faire honneur à ma
propre volonté ; mes passions se sont
éteintes avec mes forces. Je ne joue
plus, à la vérité, mais je dois dire
aussi que je n'ai plus d'argent, plus
d'amis à tromper, enfin plus de ressources. Je ne cours plus les femmes ;

mais les maladies m'ont exténué, et le mépris que je porte à ce sexe suffit pour éteindre en moi tout désir amoureux. Si le hasard ou le besoin place parfois ma femme entre mes bras, nous nous trouvons tous deux étonnés l'instant d'après de notre mutuel abandon. Nos plaisirs sont empoisonnés de regrets. Nous avons de grandes fautes à nous reprocher, et nous nous croyons incapables d'un pardon réciproque ; ce qui fait que notre présence nous est à charge : à l'aspect de ma femme, des souvenirs humilians s'emparent de mon esprit et attristent mon âme : de son côté elle ne voit en moi qu'un maître inexorable qu'elle a désespéré de fléchir. Ajoutez à cela que nos cœurs sont bons, que nous nous aimons malgré nous, que nous ne pourrions nous quitter sans verser des larmes, et vous pourrez juger de notre état de souffrance. J'ai oublié la perte de ma fortune, les maux que j'ai soufferts, et je n'ai pu oublier l'injure que j'ai reçue de ma femme. Excepté cela, ma vie s'écoulerait maintenant dans un calme qui me tiendrait lieu du bonheur que j'ai fui.

—Je vois avec peine, interrompit M. de Saint-Laurent, que quinze ans n'ont pu suffire pour compléter votre éducation. Vous ne savez pas encore vivre, et vous n'avez nullement profité des exemples que je me rappelle avoir mis sous vos yeux dans notre soirée des *Epoux philosophes*. Vous avez voulu lutter contre les écueils du palais Royal, et de même que les enfans qui jouent avec des armes à feu, vous vous êtes cruellement blessé : je vous ai donné de bons conseils, et vous ne les avez pas suivis : vous avez joué, et votre fortune et votre honneur se sont confondus dans la perte : vous avez fréquenté les filles publiques, et vous avez dû visiter plusieurs fois Laffecteur ou tout autre soi-disant réparateur de maux irréparables : vous vous êtes marié, et votre femme vous a fait cocu : tout cela devait arriver ; il n'en pouvait être autrement, puisque l'expérience du plus grand nombre n'était pas assez forte pour vous éclairer. Vous avez voulu juger par vous-même ; peut-être servirez-vous d'exemple à d'autres. Je vous répète que je conçois tout cela ; mais il est une chose que je ne puis vous pardonner. Forcé de prendre votre parti sur tout, un seul point vous arrête ! Il vous reste encore quelques jours à vivre, et vous allez les con-

sacrer à la douleur ! Et cette vie, que
vous avez reçue sans savoir comment,
vous la devez peut-être à une cause
semblable à celle qui vous afflige aujourd'hui. Vous êtes cocu enfin, et
cet effet si naturel du mariage vous
rend inconsolable! Ah ! c'est par trop
manquer d'usage. Songez donc que
vous partagez ce mal inévitable avec
les plus grands hommes que la terre
ait produits; je pourrais citer des rois,
des héros, des magistrats justement
célèbres par leurs hauts faits et par
leur mérite, et qui n'ont pu éviter le
cocuage; mais je me bornerai à vous
citer deux exemples que vous ne pourrez révoquer en doute; leur antiquité
est trop respectable. Adam, le premier homme du monde, et le bon
saint Joseph, qui n'en a pas été le
dernier, n'ont-ils pas été.... Et vous

oseriez vous plaindre, ingrat que vous êtes, de ce cocuage à qui la terre doit ses premiers habitans, et le monde son plus grand législateur! —

Ce discours édifia Hippolyte. M. de Saint-Laurent parla encore un moment; il cita les peuples de la Laponié et de plusieurs autres contrées de la terre, chez qui un époux se trouverait déshonoré si un étranger lui refusait l'offre obligeante de coucher avec sa femme.—Cela dépend de la manière d'envisager les chosés, et à cet égard les peuples barbares pourraient donner des leçons aux peuples civilisés. Les Lapons sont nos maîtres en fait de cocuage. — M. de Saint-Laurent ramena par degré son ami aux vrais principes, et finit par porter dans son âme le calme dont il avait un si grand besoin. Hippolyte convint de la soli-

dité des argumens de son maître, et se
reprocha d'avoir tenu si long-temps
rigueur à sa femme, se promettant
bien de finir avec elle des jours désormais paisibles, de lui rendre son
amitié sans aucune réserve, et de ne
plus s'arrêter à des vétilles qui ne
doivent être le partage que des esprits
étroits. Nos deux cocus se quittèrent
fort satisfaits l'un de l'autre, et convaincus plus que jamais que si un
joueur ne peut éviter la perte, un
mari peut encore moins éviter le cocuage. Hippolyte en rentrant chez lui
fit à sa femme un accueil auquel depuis long-temps elle n'était plus ac-
coutumée; il lui rapporta sa conversation avec M. de Saint-Laurent, et
elle goûta singulièrement la sagesse
de cet ami véritable, qui ramenait la
paix dans leur maison. Elle s'arrêta

avec satisfaction sur l'article des Lapons, et dit à son mari qu'elle trouvait en effet que le cocuage n'avait atteint qu'en Laponie le degré de perfection nécessaire pour n'être plus le sujet de discussions sans cesse renaissantes; mais lorsqu'Hippolyte lui eut appris que chez ces peuples le cocuage n'était permis qu'avec les étrangers, mais non entre les compatriotes, elle s'écria : Il n'y a donc rien de parfait dans le monde !

~~~~~~~~~~~~~~~~~~~~~~~~~~~~~~~~~~~~

# HUITIÈME SOIRÉE.

*La double union. Parti hono-*
*rable qu'embrasse chaque*
*époux.*

———

LA femme d'Hippolyte désirait connaître M. de Saint-Laurent, à qui elle
devait le retour de son mari à des
principes dont elle ne cessait de louer
la profonde sagesse ; cette dame avait
le cœur reconnaissant et l'esprit curieux ; elle supposait à M. de Saint-
Laurent autant d'amabilité que de to-
lérance. Cependant elle n'osait trop
solliciter une entrevue avec lui ; elle
ne pouvait se dissimuler que, dans un
pays à préjugés comme le nôtre, il
~~~~~~~~~~~~~~~~~~~~~~~~~~~~~~~~~~~~

n'y eût pour une *femme honnête* quelque honte à se trouver vis-à-vis d'un homme qui n'ignorait point ses petites faiblesses. La philosophie de M. de Saint-Laurent la rassurait un peu ; néanmoins elle hésitait encore, lorsque son mari vint au-devant de ses vœux. Hippolyte, qui sentait aussi le prix des obligations qu'il devait à son ami, l'invita à dîner au palais Royal, et lui présenta sa femme. M. de Saint-Laurent la trouva aussi aimable que belle, et la femme d'Hippolyte ne put s'empêcher de voir dans M. de Saint-Laurent un homme aussi charmant que spirituel.

On se rendit chez le même traiteur, dans le même cabinet particulier où quinze ans auparavant Hippolyte avait *acheté* de madame Durand l'*ingénue* Virginie.—Ce réduit mys-

rieux, dit en y entrant M. de Saint-
aurent, me rappelle certain marié.....—Que j'ai encore présent à la
émoire, interrompit Hippolyte ; car
a été la source de toutes les folies
ue j'ai faites depuis. Cette aventure,
nsi que celle de madame de Ligneul,
ue vous m'aviez racontée la veille,
uraient au moins dû me faire con-
aître le cœur des femmes. — Oh !
e parlons pas mal des femmes ;
ous en avons une trop aimable avec
ous pour commencer les hostilités.
— Je suis de votre avis ; d'ailleurs
uand elles se rendent coupables elles
e le sont jamais seules... Virginie sans
. Duval, et madame de Ligneul sans
ous, seraient peut-être restées sages.
—Vous faites très-bien de dire peut-
tre ; mais brisons là-dessus en faveur
u beau sexe. — Je vois, messieurs,

dit la femme d'Hippolyte, que vous
ne vous cédez rien en fait de libertinage ; je devrais me trouver
déplacée à votre société; mais puisque nous sommes convenus de nous
élever au - dessus du vulgaire, je
persiste à être des vôtres, et je demande que l'histoire de cette Virginie, qui commença la chaîne des
folies d'Hippolyte, me soit racontée.
C'est M. de Saint-Laurent que j'en
charge. — Je ne m'y oppose pas, dit
Hippolyte.—Hé bien, répliqua M. de
Saint-Laurent, je vous satisferai au
dessert. —

On dîna, et M. de Saint-Laurent
commença le récit demandé. Il en
était au pucelage enlevé par le médecin, lorsqu'Hippolyte prétexta une
affaire, et sortit. M. de Saint-Laurent, qui était gai et entreprenant,

voulut mettre le plus de vérité possible dans ses discours; il s'approcha
de la femme d'Hippolyte : — Tenez, lui dit-il, vous ferez Virginie,
et moi M. Duval. Placez-vous ainsi.—
Mais n'allez pas si loin que le médecin.—Un peu d'action rendra le tableau plus animé.—A la bonne heure...
mais vous allez trop loin...... Oh!
monsieur, retirez vos mains... laissez-
moi; Hippolyte va rentrer. — C'est
ainsi, voyez-vous, que M. Duval prit
Virginie dans ses bras..... c'est ainsi...
—Mais finissez donc.....—

M. de Saint-Laurent finit en effet,
mais après avoir cocufié son élève,
qui rentra tout juste pour en être témoin. Il n'en témoigna aucune surprise; il s'y attendait, et venait d'en
faire autant à son maître. M. de Saint-
Laurent s'était depuis peu remarié à

une jeune personne qu'il croyait vertueuse ; Hippolyte l'avait vue deux fois,
et ils avaient fait en emble à peu près la
même convention qu'autrefois M. de
Saint-Laurent avait faite avec Victorine pour tromper M. de Ligneul. —
Convenez, dit Hippolyte à son ami,
que j'apprends l'usage du monde, et
que je mets vos leçons à profit. J'ai
voulu à mon tour vous en donner une.
J'étais dans le cabinet voisin. Je vous
ai vu et entendu répéter la scène du
médecin, à la seule différence près
que ce n'est pas un pucelage que vous
avez enlevé. De mon côté je complet-
tais le tableau avec votre aimable
Sophie, qui vous devait bien cette
petite vengeance. Me croirez-vous
maintenant digne de vous? Je vous
laisse mon amitié; me conserverez-
vous la vôtre? Je pardonne à ma

femme ; pardonnerez-vous à la vôtre ? —

A toutes ces questions raisonnables
M. de Saint Laurent répondit affir-
mativement ; il déclara qu'il n'aurait
pas mieux fait, et donna des éloges
à son élève.

La soirée se termina fort gaiement.
On ne se retira qu'à minuit, avec promesse de se revoir dès le lendemain.
Bientôt il s'établit une telle intimité
entre les deux ménages, qu'ils n'en
formèrent plus qu'un, occupant le
même local, et partageant le même lit.
Chacun concourut au bonheur de la
société. M. de Saint-Laurent, connu
par son esprit d'observation, obtint
l'emploi d'espion de police : Hippolyte, qui parvint facilement à prouver
ses anciennes pertes au jeu, se vit revêtir de la charge de bout-de-table

dans une roulette. Quant aux deux dames, elles élevèrent un établissement dans lequel les jeunes filles et les femmes peuvent encore chaque jour trouver un parti d'autant plus avantageux qu'il ne les engage pas pour le lendemain.

Nous pensons que le lecteur ne s'attendait pas à une fin plus digne de la morale douce et facile de nos estimables héros.

FIN.

---

IMPRIMERIE DE MADAME Vᵉ JEUNEHOMME,
rue Hautefeuille, no 20.

www.ingramcontent.com/pod-product-compliance
Ingram Content Group UK Ltd.
Pitfield, Milton Keynes, MK11 3LW, UK
UKHW021226140726
13695UKWH00002B/787